Königs Erläuterungen und Materialien
Band 145

Erläuterungen zu Max Frisch

Andorra

Biedermann und die Brandstifter

Von Dr. Theodor Rosebrock

9. erweiterte Auflage

C. Bange Verlag - Hollfeld/Obfr.

Man kann darauf bedacht sein, das Gute durchzusetzen und zu verwirklichen, oder man kann darauf bedacht sein, ein guter Mensch zu werden — das ist zweierlei, es schließt sich gegenseitig aus.

Max Frisch im „Tagebuch“

Herausgegeben von Dr. Peter Beyersdorf, Gerd Eversberg und Reiner Poppe

9. erw. Auflage 1980
ISBN 3-8044-0237-2

Druck: Heinz Neubert GmbH, Bayreuth

INHALTSVERZEICHNIS

Zu beiden Stücken

KURZE BIOGRAPHISCHE SKIZZE

Max Frisch wurde am 15. Mai 1911 in Zürich geboren. Sein Vater war Architekt. Er hatte den Ehrgeiz, aus seinem Sohn einen Akademiker zu machen. So besuchte Max Frisch ein Züricher Gymnasium und studierte anschließend zwei Jahre lang Germanistik. Es waren zwei „sonderbare und unbefriedigende" Jahre, wie er einmal sagte. Sie fanden durch den Tod seines Vaters ein plötzliches Ende. Max Frisch mußte sich nun als freier Journalist über Wasser halten. Reisen, zum Teil zu Fuß, führten ihn im Rahmen dieser Tätigkeit in die Tschechoslowakei, nach Polen, Frankreich, Bosnien, Dalmatien, Griechenland und schließlich bis ans Schwarze Meer und nach Konstantinopel. Ein Ergebnis dieser Fahrten des jungen Studenten war der Roman „Jürg Reinhard, Eine sommerliche Schicksalsfahrt". Dieses Buch ist später, stark gekürzt, in den Roman „Die Schwierigen oder J'adore ce qui me brûle" eingegangen.

Zu Hause angekommen, begann Max Frisch wieder mit dem Studium, jedoch nicht dort, wo er es abzubrechen gezwungen war, sondern an der Technischen Hochschule in Zürich, wo er 1941 sein Diplom als Architekt erwarb. 1939 wurde Frisch im Rahmen der allgemeinen Mobilmachung zum Grenzdienst eingezogen. Er war überzeugt davon, daß die Schweiz angegriffen werde, und das war Grund genug für ihn, ein zwei Jahre zuvor abgelegtes Gelübde, keine Zeile mehr zu schreiben, zu brechen. Er schrieb in der Zeit seines Dienstes ein Tagebuch, das er 1940 unter dem Titel „Blätter aus dem Brotsack" veröffentlichte. Ein Jahr nach dem Erwerb des Architektendiploms erhielt er den ersten Preis eines öffentlichen Wettbewerbs der Stadt Zürich und damit den Auftrag, das Züricher Freiluftbad Letzigraben zu erbauen. Dieser Erfolg war ein Ansporn und gab ihm die Mittel, ein eigenes Architektenbüro zu eröffnen.

Sein erster größerer Roman erschien 1943 unter dem Titel „Die Schwierigen oder J'adore ce qui me brûle". Die Kritik begrüßte dieses Werk begeistert. Ihm folgte 1944 eine kleine lyrische Träumerei in Prosa, „Bin oder die Reise nach Peking". Zehn Jahre lang war Frisch als Schriftsteller und Architekt gleichzeitig tätig. Über seinen Beruf sagte er einmal: „Die Ausübung eines doppelten Berufes, Schriftsteller und Architekt, ist natürlich nicht immer leicht, so manche segensreiche Wirkungen er haben mag. Es ist eine Frage nicht so sehr der Zeit, aber der Kraft. Segensreich

finde ich das tägliche Arbeiten mit Männern, die nichts mit Literatur zu schaffen haben; hin und wider wissen sie, daß ich ‚dichte', aber sie nehmen es nicht übel, sofern die andere Arbeit in Ordnung ist."
Sein Freund, der deutsche Emigrant und Dramaturg des Züricher Schauspielhauses, Dr. Kurt Hirschfeld, regte Max Frisch an, es doch einmal mit einem Bühnenstück zu versuchen. So entstand 1944 das Stück „Santa Cruz", dem ein halbes Jahr später der „Versuch eines Requiems" unter dem Titel „Nun singen sie wieder" folgte. Es erfuhr 1945 seine Uraufführung. In dieser Zeit unternahm Max Frisch viele Reisen in die der Schweiz benachbarten Länder. „Das Verlangen, Zeitgenossen anderer Länder kennenzulernen", schrieb er in sein Tagebuch, „war nach unserer fünfjährigen Gefangenschaft besonders groß, und in einer Welt, die auf Vorurteile verhext ist, scheint mir das eigene persönliche Anschauen besonders wichtig." Als Ergebnis einer Reise durch das vom Krieg zerschlagene Deutschland erschien 1946 die bitterböse Theaterfarce „Die Chinesische Mauer". Ihr folgten 1947/48 das Schauspiel „Als der Krieg zu Ende war", 1950 das Stück „Graf Öderland", und 1953 wurde der „Don Juan oder Die Liebe zur Geometrie" in Zürich zum erstenmal aufgeführt.
Zwischen seinen Theaterstücken ließ er im Jahr 1950 sein „Tagebuch 1946—1949" erscheinen. Es scheint, als ob er in seinem „Tagebuch" die ihm, jedenfalls vorläufig, gemäße Form des Schreibens gefunden hat. Dieses Werk gleicht einem ungeheuren Steinbruch, in dem Erzählfragmente, Gedanken, Impressionen und Erlebnisse bunt durcheinander gelagert sind. Die Vorformen zum „Biedermann", zum „Öderland" und zu „Andorra" finden sich hier, und schließlich haben viele Werke Frischs, Bühnenstücke und vor allem die Romane, etwas Tagebuchartiges an sich. Szenen und Gedanken folgen einander, regen den Leser zum Grübeln an und lassen ihn dann allein; wenn es auch nicht immer so ist wie in dem Roman „Homo Faber", daß nämlich am Schluß zwei Lösungsmöglichkeiten zur Wahl angeboten werden. Ohne Zweifel trägt angesichts seiner durchgängigen tagebuchähnlichen Struktur das Werk Max Frischs Zeichen der Patenschaft Bert Brechts, der, auf der Bühne jedenfalls, der offenen Form den Vorzug vor der geschlossenen gegeben hat. Von der Verbindung Max Frischs mit Bert Brecht gibt das „Tagebuch" ebenfalls Zeugnis. Diese Bindung, so eng sie auch war, ist keineswegs total. In der ganz bewußten Tendenzlosigkeit im parteipolitischen Sinn, die Frischs Stücke wie auch seine Romanhelden auszeichnet, distanziert sich Frisch

wiederum sehr stark von Bert Brecht.

1955 hat Frisch den Architektenberuf aufgegeben. Seitdem ist er als freier Schriftsteller tätig.

Nach dem „Tagebuch“ kehrte Max Frisch wieder zur Form des Romanes zurück. 1954 erschien der „Stiller“, dem 1957 der „Homo Faber“ folgte. Beide Romane haben dasselbe Grundthema, das des einsamen, unverstandenen Menschen. Im „Stiller“ wird der Einsame mit sich selbst nicht fertig, und im „Homo Faber“ ist sein Verhältnis zu den Mitmenschen hoffnungslos gestört. Das Unverständnis, das der einzelne findet, ist überhaupt ein Leitmotiv in den Werken Max Frischs, der sich in dem 1960 erschienenen Stück „Andorra” folgerichtig dagegen wehrt, daß sich der Mensch ein Bildnis vom Menschen macht. Und ist nicht, wiederum folgerichtig, die Form des Tagebuchs die sinnvollste Ausdrucksmöglichkeit des einsamen Menschen?

Einsam und in seine Bürgerlichkeit gefesselt ist auch Herr Biedermann, der Held des Stückes „Biedermann und die Brandstifter“, das 1956 als Hörspiel geschrieben und ein Jahr später für die Bühne umgebaut und mit einem Nachspiel versehen wurde. Im selben Jahr wie diese Umarbeitung ließ Max Frisch unter dem Titel „Die große Wut des Philipp Hotz“ einen Schwank für die Bühne erscheinen.

Die Tradition und den Stil seiner großen Romane nimmt Frisch im Jahr 1964 wieder mit dem Roman „Mein Name sei Gantenbein“ auf, dessen Held wiederum ein einzelner, einsamer Mensch ist. „Ein Mann hat seine Erfahrung gemacht,“ sagt Max Frisch über ihn und fährt fort: „jetzt sucht er die Geschichte seiner Erfahrung. Ich probiere die Geschichten an wie Kleider.“ Es sind Erfahrungen, die hier wieder im Stil des Tagebuchs protokolliert werden.

Das Thema der Identität läßt Frisch auch in den folgenden Jahren nicht los und bildet den Hintergrund seines „als Komödie gemeinten“ Bühnenstückes „Biografie“, das 1968 in Zürich uraufgeführt wurde. Im selben Jahr erschienen die „Erinnerungen an Brecht“, denen 1971 ein Prosatext „Wilhelm Tell für die Schule“ folgte, mit dem der Schriftsteller eine köstliche Farce geschaffen hat, bei der sich Schüler und Lehrer vom Ernst des Schillerschen „Tell“ mit großem Gewinn erholen können. 1975 erschien „Montauk“, eine tagebuchartige, autobiographische Erzählung. Ab 1976 kommen unter der Leitung von Hans Mayer Frischs „Gesammelte Werke in zeitlicher Folge“ im Suhrkamp-Verlag heraus. 1978 erschien sein Bühnenstück „Tryptichon“, das Frisch erst nach

langem Zögern an eine Außenseiterbühne in Lausanne als französische Übersetzung zur Uraufführung freigegeben hat. Er sei, so meinte Frisch in einem Interview, mit seinen vorangegangenen Stücken dramaturgisch in eine Sackgasse geraten. Das literarische Theater sei vorbei. — Das Jahr 1979 brachte sein „Der Mensch erscheint im Holozän", einen „Bericht", der in der Presse als „ein typisches, bewußt die Erfahrungen eines Alternden aufzeichnendes Spätwerk" charakterisiert wurde.

Max Frisch lebte 1960—65 in Rom und von da an im Tessin. Für sein Werk wurde er wiederholt mit Preisen ausgezeichnet. Anläßlich des Friedenspreises des Börsenvereins des Deutschen Buchhandels 1976 hielt er in der Frankfurter Paulskirche eine vielbeachtete Rede. Einige Jahre zuvor war ihm der Georg-Büchner-Preis von der Deutschen Akademie für Sprache und Dichtung zuerkannt worden. In der Begründung für diesen Preis heißt es, daß Frisch „in seinem epischen und dramatischen Werk die Spannung im Menschen und in seiner Zeit aufspürte und — nach immer neuen inneren Werten suchend — ihre Bedeutung mit künstlerischer Wahrhaftigkeit darstellte."

Max Frisch über sich selbst

Im Jahr 1948 war Max Frisch in Paris. Hier hat er eine knappe Autobiographie entworfen, die er später seinem „Tagebuch" eingefügt hat. Sie ist ein Rückblick des Dichters auf sein eigenes Leben und soll zitiert werden, um zu zeigen, wie sich Max Frisch selbst sieht; ist sie doch trotz ihrer knappen, ganz sachlichen Sprache — oder vielleicht gerade deswegen? — sehr aufschlußreich:

„Geboren bin ich 1911 in Zürich. Unser Name ist nicht schweizerischen Ursprungs. Ein Großvater, der als junger Sattler einwanderte, brachte ihn aus der österreichischen Nachbarschaft; in Zürich, wo es ihm anscheinend gefiel, heiratete er eine Hiesige, Naegeli mit Namen, Tochter einfacher Leute. Auch der mütterliche Stamm ist vermischt; dort war es ein Urgroßvater, der von Württemberg kam, namens Wildermuth, und schon mit seinem Sohn, meinem Großvater also, fing es an: er nannte sich Maler, trug eine erhebliche Krawatte, weit kühner als seine Zeichnungen und Gemälde; der heiratete dann eine Baslerin namens Schulthess, die nie ganz hat vergessen können, daß ihre Familie einmal eine eigene Droschke besessen hat, und leitete die Kunstgewerbeschule unserer Stadt. Viel mehr über meine Herkunft weiß ich nicht. Meine Mutter, um einmal ins Weite zu kommen, arbeitete als Kinderfräulein im zaristischen Rußland, wovon sie uns öfter erzählt hat, und mein Vater war Architekt. Da er sich als Sattlersohn keine Fachschule hatte leisten können, war es natürlich sein Ehrgeiz, seine Söhne als Akademiker zu sehen. Im übrigen konnten wir wählen. Mein Bruder, älter als ich, wählte die Chemie, die schon seine ganze Jugend und unsere Küche mit stinkenden Zaubereien erfüllt hatte. Ein Buch auf dem Fenstersims, Retorten mit gelben Dämpfen, Bunsenbrenner, Röhren wie gläserne Gedärme, hin und wider ein Knall, gewollt oder ungewollt, das waren so die Sonntagnachmittage, die regnerischen, wenn man unmöglich Fußball spielen konnte.

Ich weiß nicht, warum ich von allen Kameraden der einzige war, der nie einen Karl May las, eigentlich auch keine anderen Bücher, außer Don Quichote und Onkel Toms Hütte, die mir unsäglich gefielen, aber genügten. Was mich unersättlicher begeisterte, war Fußball und später Theater. Eine Aufführung der Räuber, eine vermutlich sehr schwache Aufführung, wirkte so, daß ich nicht begriff, wieso Menschen, Erwachsene, die genug Taschengeld haben und keine Schulaufgaben, nicht jeden Abend im Theater verbringen. Das war es doch, das Leben. Eine ziemliche Verwir-

rung verursachte das erste Stück, wo ich Leute in unseren alltäglichen Kleidern auf der Bühne sah; das hieß ja nicht mehr und nicht weniger, als daß man auch heutzutage Stücke schreiben könnte.
Zwei Monate später erhielt Max Reinhard, Deutsches Theater Berlin, die schriftliche Ankündigung meines ersten Werkes, das den Titel trug: Stahl. Es spielte, nur so viel weiß ich noch, auf dem nächtlichen Dach eines Hochhauses, am Ende rauchte es aus allen Fenstern der Großstadt, ein gelblicher Rauch wie aus Retorten, und der Held, nobel wie er war, hatte keinen andern Ausweg als den Sprung in die Tiefe. Die Karte mit fremder Marke, wo höflich und knapp um Einsendung des genannten Werkes ersucht wurde, war das erste Schriftstück, das mich als Herr anredete. Ich war sechzehn. Leider hatte mein Vater, der das Ganze wie einen Lausbubenstreich behandelte, die Karte aus dem Briefkasten genommen, sie beim Mittagessen auf den Tisch gelegt, worauf ich das Zimmer verließ; vielleicht, das wußte ich noch nicht, für immer. Nach sieben langen Wochen, denen es nicht an verwegenen Hoffnungen fehlte, Friedrich Schiller war bei der Niederschrift seiner Räuber immerhin schon ein Achtzehnjähriger, kam das schöne Heft zurück, das ich auf einer gemieteten Maschine droben im Estrich getippt hatte; ein ausführlicher Bericht war dabei, den ich nicht begriff. Eine Einladung spätere Arbeiten einzusenden, blieb das einzige, was ich der schonungsvoll lächelnden Familie entgegenzuhalten hatte. In einem Warenhaus entdeckte ich gelegentlich die Gesammelten Werke von Henrik Ibsen, lauter Stücke, die den Preis schon wert waren, und bis zur Matur, die ich natürlich als überflüssig, förmlich, lächerlich und spießig erachtete und nur dem Vater zuliebe machen mußte, entstanden noch drei oder vier weitere Schauspiele, darunter eine Komödie der Ehe (ich hatte noch nie ein Mädchen geküßt), ferner eine Farce über die Eroberung des Mondes. Das einzige, was die Welt von alledem anerkannte, war die Matur. Der Gang an die Universität war unvermeidlich . . .
Ich erinnere mich an zwei sonderbare Jahre, die ich in den Hörsälen, fast ebenso angeregt in den Gängen verbrachte, immer erwartungsvoll, einsam, voreilig im Urteil, unsicher, meistens in eine heimliche Liebe verstrickt, wovon die Geliebte nichts wußte. Gedichte gelangen nie. Die reine Philosophie, mit wirklicher Inbrunst befragt, offenbarte mir nur den eignen Mangel an Denkkraft. Mein Hauptfach war Germanistik. Wirklicher, näher am lebendigen Geheimnis schienen mir andere Vorlesungen; Professor

Cleric, der sich später das Leben genommen, zeigte uns die menschliche Existenz sozusagen im Brennspiegel ihrer verbrecherischen Verzerrung. Ebenso herrlich wie fremd, jenseits unsrer Wirrnis, stand der alte Wölfflin, eine Lanze aus Bambus in der Hand, seine Grundbegriffe entwickelnd; alles wie in Marmor gesprochen. Ich hörte auch unseren namhaften Theologen, irrte dahin und dorthin; sicher verdankt man auch der unbefriedigenden Zeit viel mehr, als der Unbefriedigte meint. Das zunehmende Gefühl aber, daß alles Gehörte ohne gemeinsame Mitte ist, das warenhaushafte Nebeneinander, das sich Universität nennt, all dies mochte durchaus wirkliches Gefühl sein, vielleicht sogar Erkenntnis; zugleich diente es aber auch als willkommene Ausrede für das eigene wissenschaftliche Unvermögen. Als ich zweiundzwanzig war, starb unser Vater. Ich mußte nun sehen ,wovon ich mein Leben fristete. Als Journalist beschrieb ich, was man mir zuwies: Umzüge, Vorträge über Buddha, Feuerwerke, Kabarett siebenten Ranges, Feuersbrünste, Wettschwimmen, Frühling im Zoo; nur Kremationen habe ich abgelehnt. All das war keine unnütze Schule. In Prag fanden Weltmeisterschaften im Eishockey statt, ich meldete mich als Reporter, startete, nachdem ich meinen ersten Koffer erstanden, mit einer Barschaft von hundert Franken. Die Reise, die erste ins Ausland, führte weiter mit jedem Artikel, der zu Hause oder in Deutschland gedruckt wurde, über Ungarn und kreuz und quer durch Serbien, Bosnien, Dalmatien, wo ich, bald mit deutschen Auswanderern befreundet, einen ganzen Sommer verbrachte, tagelang an der Küste umhersegelte, ledig jeder Pflicht, frei, bereit für jede Gegenwart; das ist denn auch meine eigentliche Erinnerung an Jugend. Später ging es ans Schwarze Meer, wovon meine Mutter so oft erzählt hatte, nach Konstantinopel, wo ich die Moscheen und den Hunger kennenlernte, endlich auf die Akropolis und als Fußwanderer durch das mittlere Griechenland, wo ich auf dem Feld übernachtete, einmal auch in einem Tempelchen. Das war, obschon verdüstert durch den jähen Tod einer jungen Frau, eine volle und glückliche Zeit. Das Ergebnis war ein erster, allzu jugendlicher Roman. Zu Hause brauchte ich noch zwei Jahre, um einzusehen, was es mit dem literarischen Journalismus auf sich hat, wohin es führt, wenn man auch zu Zeiten, wo man nichts zu sagen hat, ins Öffentliche schreibt, um leben zu können. Mit fünfundzwanzig Jahren muß ich nochmals auf die Schulbank zurück. Eine Freundin, als wir heiraten wollten, war der Meinung, daß ich vorerst etwas werden müßte. Sie sagte nur, was ich selber dachte; immerhin war es ein Schock, zum erstenmal die ernsthafte Vorstellung, daß das Leben mißlingen kann. In jener Zeit las ich den Grünen Heinrich; das Buch, das mich seitenweise bestürzte wie eine Hellseherei, war natürlich der beste Vater, den man nur haben kann, und zum Entschluß, der allein wenig vermocht hätte, gesellte sich das Glück, ein Freund, der für den Lebensunterhalt von vier Jahren aufzukommen sich erbot, so daß ich noch einmal studieren konnte. Diesmal an der Eidgenössischen Technischen Hochschule. Im Anfang äußerst entzückt, daß man sich an einem Werktagmorgen hinsetzen konnte, unbekümmert um das monatliche Einkommen für Mutter und Sohn, und statt dessen höhere Mathematik treiben durfte, hatte ich später doch manche stille Not, ein Gefühl, meine Jugend verbummelt zu haben, Angst, daß ich niemals an ein Ziel gelangen werde. In kurzer Folge scheiterten auch alle menschlichen Verbindungen. Ob der Beruf eines Architekten, sofern ich dazu taugte, diese Beziehung zur Welt herzustellen vermochte, ließ sich nicht entscheiden, solange alles nur Papier blieb; was mich insbesondere zu diesem Beruf bewogen hatte, war ja das andere, das Unpapierne, Greifbare, Handwerkliche, die stoffliche Gestalt, und erst das wirkliche Bauen, vor allem die Verwirklichung eigner Entwürfe, konnte zeigen, ob nicht auch dieser zweite Anlauf verfehlt war. Einmal wurde alles Geschriebene zusammengeschnürt, inbegriffen die Tagebücher, und alles dem Feuer übergeben. Ich mußte zweimal in den Wald hinaufgehen, so viele Bündel gab es, und es war, ich erinnere mich, ein regnerischer Tag, wo das Feuer immer wieder in der Nässe erstickte, ich brauchte eine ganze Schachtel voll Streichhölzer, bis ich mit dem Gefühl der Erleichterung, auch der Leere weitergehen konnte. Das heimliche Gelübde, nicht mehr zu schreiben, wurde zwei Jahre lang nicht ernstlich verletzt; erst am Tag der Mobilmachung, da ich als Kanonier einrückte, überzeugt, daß uns der Krieg nicht erspart bliebe und daß wir kaum zurückkehren würden, wurde nochmals ein Tagebuch begonnen. Die Erinnerung an einen Hauptmann, der mich nicht ausstehen konnte, was sein gutes Recht ist, und der mir am dritten September ins Gesicht sagte, er werde mich schon auf einen geeigneten Posten schicken, wenn es losginge, möchte ich nicht unter den vaterländischen Tisch fallen lassen; erst nach Jahren habe ich begriffen, daß ich diesem Offizier ein entscheidendes Erlebnis verdankte. Die Gelegenheit, über Leben und Tod zu verfügen, bekam er allerdings nicht; die Grenze blieb ruhig. Das begonnene, durch Urlaub abgebrochene Tagebuch ist später erschienen: „Blätter aus dem Brotsack", 1940. Nachdem

Frankreich gefallen war, was uns fortan in die Lage von Gefangenen versetzte, erhielt ich einen persönlichen Urlaub, um das Diplom als Architekt zu machen, so daß ich fortan, sofern wir keinen Dienst hatten, als Angestellter meinen Unterhalt verdienen konnte. Im ganzen leistete ich in jenen Jahren etwas über fünfhundert Diensttage, meistens im Tessin, später im Engadin. Eine junge Architektin, die mir am Reißbrett half und das Mittagessen richtete, wurde meine Frau; wir heirateten, nachdem wir zusammen ein erstes Haus erbaut hatten. Das nächste war ein Roman: „J'adore ce qui me brûle oder Die Schwierigen". 1943. Unter den wenigen Zuschriften, die das Echo darstellten, fanden sich ein paar Zeilen vom Dramaturgen des Züricher Schauspielhauses, Kurt Hirschfeld, der mich ermunterte, es einmal mit einem Theaterstück zu versuchen. Überhaupt begann eine Zeit langsamer Zuversicht. Auch wenn es nicht sicher war, daß wir verschont blieben, war der Krieg im ganzen doch entschieden; der gründlich vorbereitete Überfall auf die Schweiz, der uns all diese Jahre hindurch über dem Kopf hing, war noch einmal, wie die Akten inzwischen bestätigt haben, eine beschlossene Sache, April 1943, also nach Stalingrad, wo ein Sieglein wenigstens den deutschen Zeitungsleser etwas zerstreut hätte. Zehn Tage vor dem Stichtag, der durch Spionage bekannt war, wurde die Sache abgeblasen. Damit waren wir über den Berg. Kurz darauf kam unser erstes Kind. Glück in einem architektonischen Wettbewerb, der einen großen, ungewöhnlich reizvollen Auftrag der Stadt Zürich einbrachte, ermöglichte nun auch das eigene Büro, damit eine freiere Einteilung der Arbeitszeit. Nach einer Träumerei in Prosa: „Bin oder Die Reise nach Peking", 1944, entstand als erstes Bühnenstück: „Santa Cruz", eine Romanze, die zwei herbstliche Monate hindurch viel Freude machte. Ein halbes Jahr später, ebenfalls in wenigen Wochen verfaßt, folgte der Versuch eines Requiems: „Nun singen sie wieder", das als erstes Stück auf die Bühne gelangte, Ostern 1945, als der Krieg zu Ende ging und der Friede hätte beginnen sollen. Die Zeit der Proben, die Kurt Horwitz mit sachlicher Hingabe leitete, war vielleicht die holdeste, die das Theater überhaupt zu vergeben hat, die erste Begegnung mit dem eignen, von leiblichen Gestalten gesprochenen Wort. Endlich die letzten Wochen des Krieges, die ich als Wachtposten an der österreichischen, teils an der italienischen Grenze verbrachte. Nach einer ersten Reise in das zerstörte Deutschland entstand ein drittes Bühnenstück: „Die chinesische Mauer", eine bereits ziemlich verzweifelte Farce, die gleichfalls im Zürcher Schauspielhaus zur ersten Aufführung gelangte, Herbst 1946. Es folgen, soweit die berufliche Verpflichtung es erlaubt, weitere Reisen in alle nachbarlichen Länder; das Verlangen, Zeitgenossen andrer Länder kennenzulernen, ist nach unsrer fünfjährigen Gefangenschaft besonders groß, und in einer Welt, die auf Vorurteile verhext ist, scheint mir das eigene persönliche Anschauen äußerst wichtig. Der erste Teil eines Tagebuches, das diesem persönlichen Anschauen gewidmet sein soll, erschien unter dem Titel: „Tagebuch mit Marion", 1947. Unterdessen war es endlich so weit, daß wir mit unserem Bau beginnen konnten. Die Ausübung eines doppelten Berufes, Schriftsteller und Architekt, ist natürlich nicht immer leicht, so manche segensreiche Wirkungen er haben mag. Es ist eine Frage nicht so sehr der Zeit, aber der Kraft. Segensreich empfinde ich das tägliche Arbeiten mit Männern, die nichts mit Literatur zu schaffen haben; hin und wieder wissen sie, daß ich „dichte", aber nehmen es nicht übel, sofern die andere Arbeit in Ordnung ist. Die bisher letzte schriftstellerische Arbeit behandelt eine Begebenheit aus Berlin: „Als der Krieg zu Ende war", ein Schauspiel, das eben jetzt in den Händen der Freunde liegt."

KLEINE BIBLIOGRAPHIE

Stücke

Stücke, Gesamtausgabe in zwei Bänden, Frankfurt/Main, Neuauflage 1962, Suhrkamp-Verlag.

Als der Krieg zu Ende war, Basel 1949.

Herr Biedermann und die Brandstifter, ein Hörspiel, Hamburg 1953, Verlag Hans Bredow-Institut.

Herr Biedermann und die Brandstifter, ein Hörspiel, Paderborn o. J., Ferdinand Schöningh-Verlag.

Andorra, Frankfurt/Main 1961, Suhrkamp-Verlag.

Graf Öderland, Neufassung 1961, Frankfurt/Main, Suhrkamp-Verlag.

Don Juan oder die Liebe zur Geometrie, Neufassung 1961, Frankfurt/Main, Suhrkamp-Verlag.

Santa Cruz, Neuauflage 1962, Frankfurt/Main, Suhrkamp-Verlag.

Nun singen sie wieder, Neuauflage 1962, Frankfurt/Main, Suhrkamp-Verlag.

Die Chinesische Mauer, Neuauflage 1962, Frankfurt/Main, Suhrkamp-Verlag.

Biografie: Ein Spiel, Frankfurt/Main 1967, Suhrkamp-Verlag.
Gesammelte Werke in zeitlicher Folge, Hrsg. Hans Mayer und Walter Schmitz, Frankfurt/Main 1976, Suhrkamp-Verlag.
Tryptichon, Frankfurt/Main 1978, Suhrkamp-Verlag.

Prosawerke

Blätter aus dem Brotsack, Zürich 1979.
Die Schwierigen oder J'adore ce qui me brùle, Neuausgabe 1957, Zürich, Atlantis-Verlag.
Bin oder die Reise nach Peking, Neuauflage 1962, Frankfurt/Main, Suhrkamp-Verlag.
Ausgewählte Prosa, Mit einem Nachwort von Joachim Kaiser, Frankfurt/Main 1962, Suhrkamp-Verlag.
Tagebuch 1946—1947, Neuauflage 1963, Frankfurt/Main, Suhrkamp-Verlag.
Stiller, Frankfurt/Main 1963, Suhrkamp-Verlag.
Homo Faber, Neuauflage 1963, Frankfurt/Main, Suhrkamp-Verlag.
Mein Name sei Gantenbein, Frankfurt/Main 1964, Suhrkamp-Verlag.
Erinnerungen an Brecht, Frankfurt/Main 1968, Suhrkamp-Verlag.
Wilhelm Tell für die Schule, Frankfurt/Main 1971, Suhrkamp Taschenbuch 2.
Tagebuch 1966—1971, Frankfurt/Main 1972, Suhrkamp-Verlag.
Montauk, Frankfurt/Main 1975, Suhrkamp-Verlag.
Stich-Worte, Hrsg. Uwe Johnson, Frankfurt/Main 1975, Suhrkamp-Verlag.
Gesammelte Werke in zeitlicher Folge, Hrsg. Hans Mayer und Walter Schmitz, Frankfurt/Main 1976, Suhrkamp-Verlag.
Der Mensch erscheint im Holozän, Frankfurt/Main 1979, Suhrkamp-Verlag.

Auswahl aus der Literatur über Max Frisch

Joachim Kaiser, Max Frisch und der Roman, in Frankfurter Hefte, Frankfurt/Main, 12. Jahrg. 1957, S. 876 ff.
Eduard Stäuble, Max Frisch, Amriswil, 2. Aufl. 1960.
Walter Rosengarten, Max Frisch, in Klaus Nonnemann (Hrsg.), Schriftsteller der Gegenwart, Olten u. Freiburg i. Br. 1963, S. 108 ff.
Manfred Jurgensen, Max Frisch, Die Dramen, Bern 1968, 2. Aufl. 1976.
Adelheid Weise, Untersuchungen zur Thematik und Struktur der Dramen von Max Frisch, Göppingen 1969.

Rolf Geißler, Interpretationen des modernen Dramas, Brecht, Dürrenmatt, Frisch, Frankfurt/Main 1970, 6. Aufl.
Manfred Durzak, Frisch, Weiss, Deutsches Drama der Gegenwart zwischen Kritik und Utopie, Stuttgart 1972.
Carol Petersen, Max Frisch, Berlin 1973, 5. Aufl.
Horst Steinmetz, Max Frisch: Tagebuch, Dramen, Roman, Göttingen 1973.
Eduard Stäuble, Gedankliche Grundzüge seines Werkes, Basel 1974, 3. Aufl.
Eduard Stäuble, Max Frisch, Gesamtdarstellung seines Werkes (mit einer ausführlichen Bibliographie von O. Petersen), St. Gallen 1967.
Marianne Biedermann, Das politische Theater von Max Frisch, Lampertheim 1974 (phil. Diss.).
Hellmuth Karasek, Max Frisch, Velber 1974, 5. Aufl. (Friedrichs Dramatiker des Welttheaters, Bd. 17).
Hans Bänzinger, Frisch und Dürrenmatt, München 1976, 7. Aufl.
Eduard Schäfer, Lerngegenstand Literatur (Studien und Unterrichtsmodelle zu Frisch u. a.), in Zeitschrift für Literaturwissenschaft und Linguistik, 1977, Beiheft 5.
Hans Mayer, Über Friedrich Dürrenmatt und Max Frisch, Pfullingen 1977.
Jürgen H. Petersen, Max Frisch, Stuttgart 1978.
Manfred E. Schuchmann, Der Autor als Zeitgenosse, Gesellschaftliche Aspekte in Max Frischs Werk, Frankfurt/Main 1979 (Phil. Diss.).

Zu Andorra:

Christa Lohmann, Das Judenproblem im Literaturunterricht, in Der Deutschunterricht, Jahrg. 18 (1966), Heft 2, S. 78 ff.
Rolf Eckart, Andorra, München 1967, 2. Aufl.
Wolfgang Hegele, Max Frisch: Andorra, in Der Deutschunterricht Jahrg. 20 (1968), Heft 3, S. 35 ff.
Sybille Heidenreich, Frisch: Andorra, Biedermann und die Brandstifter, Biographie und Interpretation, Hollfeld/Obfr. 5. Aufl. 1980.
Sigrid Spengler, Rhinocéros und Andorra (Untersuchung zu Eugène Ionesco und Frisch. Saarbrücken 1977 (Phil. Diss.).
Ernst Wendt und Walter Schmitz, Materialien zu Max Frischs Andorra, Frankfurt/Main 1978.

Zu Biedermann und die Brandstifter:

Helmut Kreutzer, Die Einbeziehung des Hörspiels in den Deutschunterricht der Oberstufe, in Der Deutschunterricht, Jahrg. 10 (1958), Heft 3, S. 82 ff.

Werner Weber, Biedermann und die Brandstifter, in Dichten und Trachten, Heft 12 (1958).

Walter Schäfer, Die Wandlungen der dramatischen Weltdarstellung im Spiegelbild der Bedeutung des Bühnenortes von der Klassik bis heute, in Der Deutschunterricht, Jahrg. 18 (1966), Heft 1, S. 20 ff (zum Biedermann insbesonders: S. 30 ff).

Sybille Heidenreich, Frisch: Andorra, Biedermann und die Brandstifter, Biographie und Interpretation, Hollfeld/Obfr. 5. Aufl. 1980.

Ingo Springmann (Hrsg.), Max Frisch, Biedermann und die Brandstifter, Erläuterungen und Dokumente, Stuttgart 1975, Reclams Universalbibliothek Nr. 8129/29a.

Zu „Andorra“

Entstehung und Aufnahme des Stückes

Ohne die furchtbare Konsequenz, mit der die Nationalsozialisten die Judenverfolgungen bis zum äußersten und letzten getrieben haben, wäre ein Stück wie „Andorra“ undenkbar. Aber es ist keineswegs eine bloße Umsetzung des Geschehenen in eine Form, die für die Bühne brauchbar ist. Es ist mehr. Es ist Deutung. Dementsprechend hat es seinen Dichter viel Mühe und Arbeit gekostet. „Ich habe das Stück fünfmal geschrieben, bevor ich es aus der Hand gab", sagte er einmal. Die Arbeit an „Andorra“ zog sich von 1958—1961, dem Jahr seines Erscheinens, hin. Seine Uraufführung fand am 2. November 1961 im Züricher Schauspielhaus statt. Sie war, was das lebhafte Echo und die starke Diskussion, die sie erregte, beweist, ein großer Erfolg. Seitdem wurde das Stück von den bekanntesten deutschen Bühnen aufgeführt. Im Oktober 1964 wurde die zum Zweck leicht abgeänderte Züricher Inszenierung vom deutschen Fernsehen ausgestrahlt. Die Wirkung des Stückes, das bereits in die Lehrpläne der Schulen aufgenommen wird, ist so nachhaltig, daß man es ohne Übertreibung zum festen Bestand der deutschen Literatur rechnen kann.

Die erste Fassung seines Stoffes ist eine Tagebuchnotiz aus dem Jahre 1946. Frisch sagte später, er habe noch nicht entdeckt, „daß das ein großer Stoff ist“. Erst dann fand er den in der Vorfassung nur ganz leicht angedeuteten politischen Hintergrund und sah, „nachdem ich mich inzwischen aus meinem bisherigen Versuchen kennengelernt hatte, daß dieser Stoff mein Stoff ist“. Und so sieht die Geschichte „Der Andorrianische Jude“ im „Tagebuch“ von Max Frisch aus:

„In Andorra lebte ein junger Mann, den man für einen Juden hielt. Zu erzählen wäre die vermeintliche Geschichte seiner Herkunft, sein täglicher Umgang mit den Andorranern, die in ihm den Juden sehen: das fertige Bildnis, das ihn überall erwartet. Beispielsweise ihr Mißtrauen gegenüber seinem Gemüt, das ein Jude, wie auch die Andorraner wissen, nicht haben kann. Er wird auf die Schärfe seines Intellektes verwiesen, der sich eben dadurch schärft, notgedrungen. Oder sein Verhältnis zum Geld, das auch in Andorra eine große Rolle spielt: er wußte, er spürte, was alle wortlos dachten; er prüfte sich, ob es wirklich so war, daß er stets an das Geld denke, er prüfte sich, bis er entdeckte, daß es stimmte, es war so, in der Tat, er dachte stets an das Geld. Er gestand es: er stand dazu, und die Andorraner blickten sich an, wortlos, fast ohne ein Zucken der Mundwinkel. Auch in Dingen des Vaterlandes wußte er genau, was sie dachten; sooft er das Wort in den Mund genommen, ließen sie es liegen wie eine Münze, die in den Schmutz gefallen ist. Denn der Jude, auch das wußten die Andorraner, hat Vaterländer, die er wählt, die er kauft, aber nicht ein Vaterland wie wir, nicht ein zugeborenes, und wie er es meinte, wenn es um andorranische Belange ging, er redete in ein Schweigen hinein, wie in Watte. Später begriff er, daß es ihm offenbar an Takt fehlte, ja, man sagte es ihm einmal rundheraus, als er, verzagt über ihr Verhalten, geradezu leidenschaftlich wurde. Das Vaterland gehörte den andern, ein für allemal, und daß er es lieben könnte, wurde von ihm nicht erwartet, im Gegenteil, seine beharrlichen Versuche und Werbungen öffneten nur eine Kluft des Verdachtes; er buhlte um eine Gunst, um einen Vorteil, um eine Anbiederung, die man als Mittel zum Zweck empfand auch dann, wenn man selber keinen möglichen Zweck erkannte. So wiederum ging es, bis er eines Tages entdeckte, mit seinem rastlosen und alles zergliedernden Scharfsinn entdeckte, daß er das Vaterland wirklich nicht liebte, schon das bloße Wort nicht, das jedesmal, wenn er es brauchte, ins Peinliche führte. Offenbar hatten sie recht. Offenbar konnte er überhaupt nicht lieben, nicht im andorrischen Sinn; er hatte die Hitze der Leidenschaft, gewiß, dazu die Kälte seines Verstandes, und diesen empfand man als eine immer bereite Geheimwaffe seiner Rachsucht; es fehlte ihm das Gemüt, das Verbindende; es fehlte ihm, und das war unverkennbar, die Wärme des Vertrauens. Der Umgang mit ihm war anregend, ja, aber nicht angenehm, nicht gemütlich. Es gelang ihm nicht, zu sein wie alle andern, und nachdem er es umsonst versucht hatte, nicht aufzufallen, trug er sein Anderssein sogar mit einer Art von Trotz, von Stolz und dauernder Feindschaft dahinter, die er, da sie ihm selber nicht gemütlich war, hinwiederum mit einer geschäftigen Höflichkeit überzuckerte; noch wenn er sich verbeugte, war es eine Art von Vorwurf, als wäre die Umwelt daran schuld, daß er ein Jude ist. —

Die meisten Andorraner taten ihm nichts.

Also auch nichts Gutes.

Auf der andern Seite gab es auch Andorraner eines freieren und fortschrittlichen Geistes, wie sie es nannten, eines Geistes, der sich der Menschlichkeit verpflichtet fühlte: sie achteten den Ju-

den, wie sie betonten, gerade um seiner jüdischen Eigenschaften willen, Schärfe des Verstandes und so weiter. Sie standen zu ihm bis zu seinem Tode, der grausam gewesen ist, so grausam und ekelhaft, daß sich auch jene Andorraner entsetzten, die es nicht berührt hatte, daß schon das ganze Leben grausam war. Das heißt, sie beklagten ihn eigentlich nicht, oder ganz offen gesprochen: sie vermißten ihn nicht — sie empörten sich nur über jene, die ihn getötet hatten, und über die Art, wie das geschehen war, vor allem die Art.
Man redete lange davon.
Bis es sich eines Tages zeigt, was er selbst nicht hat wissen können, der Verstorbene: daß er ein Findelkind gewesen, dessen Eltern man später entdeckt hat, ein Andorraner wie unsereiner. — Man redete nicht mehr davon.
Die Andorraner aber, sooft sie in den Spiegel blickten, sahen mit Entsetzen, daß sie selber die Züge des Juden tragen, jeder von ihnen.
Du sollst dir kein Bildnis machen, heißt es, von Gott. Es dürfte auch in diesem Sinne gelten: Gott als das Lebendige in jedem Menschen, das, was nicht faßbar ist. Es ist eine Versündigung, die wir, so wie sie an uns begangen wird, fast ohne Unterlaß wieder begehen. —
Ausgenommen wenn wir lieben."

Gang der Handlung in „Andorra"

Barblin, ein junges Mädchen, weißelt die Mauer vor ihrem Vaterhaus in Andorra. Der Soldat Peider lehnt sich feixend daneben an der Wand herum und verwickelt Barblin in ein Gespräch, in dem er deutlich seine Absicht auf sie laut werden läßt. Er ist gemein und ordinär, und Barblin gibt ihm zu verstehen, daß sie ihn nicht mag. Im Vordergrund rechts steht ein Orchestrion, das den Eingang einer Kneipe kennzeichnet. Andri, Barblins Stiefbruder, ist in dieser Kneipe Küchenjunge. Er und der Tischler sind Kellner und Gast in dem Ausschank, und als Andri ein Trinkgeld bekommt, steckt er es, wie übrigens immer wieder im Stück, in das Orchestrion, welches eine klimpernde Musik ertönen läßt. Inzwischen tritt der Pater auf. Er schiebt sein Fahrrad und fürchtet, daß ein Platzregen das schöne, weiße Andorra über Nacht beschmutzen könnte. Barblin fürchtet eine Invasion

der „Schwarzen“; so nennen die Leute das andere Volk, jenseits der Grenze. „Eines Morgens”, sagt sie, „früh um vier, werden sie kommen mit tausend schwarzen Panzern, die kreuz und quer durch unsere Äcker rollen, und mit Fallschirmen wie graue Heuschrecken vom Himmel herab.“ Der Pater kann sie nicht beruhigen und redet an ihr vorbei. Er bringt das Gespräch auf ihren Vater, den Lehrer des Ortes, der zuviel trinkt und nicht patriotisch genug ist; wagt er es doch, die Andorraner mit den Schwarzen zu vergleichen und festzustellen, daß beide wenig taugen. Darauf unvermittelt: „Kein Mensch verfolgt euren Andri —“. Nach einer abfälligen Bemerkung über Peider entfernt sich der Pater ohne auf Barblins Fragen eingegangen zu sein. Diese wendet sich an den Jemand, der inzwischen vor der Gastwirtschaft platzgenommen hat. Jemand antwortet jedoch mit allgemeinen Redensarten und kommt schließlich auf das Wetter zu sprechen.
Nachdem er sich entfernt hat, geht auch Barblin, und der Lehrer kommt und verhandelt mit dem Tischler. Er will Andri, den er als seinen Pflegesohn bezeichnet, dem Tischler in die Lehre geben. Dieser verlangt 50 Pfund Lehrgeld; denn schließlich ist Andri ein Jude. Der hat es nicht im Blut, das weiß der Tischler ganz genau. Ebenso wie der Wirt, mit dem sich der Lehrer anschließend unterhält. Sie kennen „den Juden“ und überhören die ironische Frage des Lehrers nach dem Woher ihrer Kenntnisse. Mitten im Gespräch taucht ein Pfahl auf, den der Lehrer irgendwo zu sehen glaubt. Der Pfahl jagt ihm Angst ein; denn die Schwarzen pflegen die Juden an den Pfahl zu stellen. Eine Prozession mit dem Pater an der Spitze zieht vorbei. Nachdem der Lehrer fortgegangen ist, kommt Andri. Er ist sehr glücklich, weil er Tischler werden darf, und freut sich auf die Hochzeit mit Barblin. Doch seine Freude ist nur von kurzer Dauer. Der Wirt schmeißt den betrunkenen Soldaten aus seiner Pinte. Dieser verhöhnt Andri, stellt ihm ein Bein, so daß er hinstürzt, und läßt ihn auf rohe, brutale Weise wissen, daß er Absichten auf Barblin hat, die seiner, des Juden, nicht wert ist. „So’n Jud denkt allweil nur ans Geld.“ Das ist sein und der übrigen Andorraner feststehendes Urteil über Andri.
Nun verwandelt sich die Szene. Im Vordergrund steht eine Zeugenschranke, die Zuschauer sind die Richter. An der Schranke steht der Wirt, der sich mit leeren Worten nachträglich für das Geschehen zu entschuldigen sucht.
Im zweiten Bild sitzen Andri und Barblin auf der Schwelle vor Barblins Kammer. Es ist Nacht, und Barblin verbirgt ihre Zu-

neigung zu Andri nicht. Aber Andri ist zermürbt und innerlich zerrissen. Das Bild, das die andern von ihm, dem schäbigen Judenlümmel, haben, steht ständig vor seinem Auge. Er sei geil und ohne Gefühl, er habe keinen Mut, er müsse dankbar sein, daß er lebt, und überhaupt, er sei „anders als alle". Das quält ihn so sehr, daß er schließlich einschläft, ohne auf Barblin weiter zu achten.

Da nun wieder die Zeugenschranke erscheint, steht der Tischler vor dem Publikum. Er gesteht, daß 50 Pfund für eine Lehre zuviel seien, aber er habe gemeint, Andri hätte Verkäufer werden sollen, das habe ihm gelegen. „Niemand hat wissen können, daß er keiner ist", sagt er, und schließlich: „Ich bin nicht schuld, daß es so gekommen ist später."

Im dritten Bild ist Andri Tischler. Er steht zusammen mit einem andern Gesellen in der Werkstatt des Tischlermeisters. Beide haben einen fertigen Stuhl in der Hand. Andris ist besonders gut. Der Geselle versucht, ein Stuhlbein herauszureißen, ohne daß es ihm gelingt. Andri kann sich freuen; denn so prüft der Meister die fertige Arbeit, und dieser Stuhl soll sein Lehrlingsstück werden. Außerdem wird er in die Fußballmannschaft, in der auch der Geselle spielt, aufgenommen — unter der Bedingung, daß er sein (jüdisches) Händereiben unterläßt. Da kommt auch der Schreiner und überprüft beide Stühle. Andris Stuhl ist vorzüglich gearbeitet, während der Stuhl des Gesellen aus dem Leim geht. Der Geselle versteht es jedoch, dem Meister zu unterstellen, Andris Stuhl sei seiner. Andris Gegenvorstellungen nützen nichts. Mit einer ganzen Reihe von Anspielungen auf Andris jüdisches Wesen und Gehabe erklärte er, Andri eigne sich eben nur zum Kaufmann. Er soll ihm die Möbel verkaufen. „Für jede Bestellung, die du hereinbringst mit deiner Schnorrerei, verdienst du ein halbes Pfund. Sagen wir: ein ganzes Pfund für drei Bestellungen... Das ist's, was deinesgleichen im Blut hat, glaub mir, und jedermann soll tun, was er im Blut hat. Du kannst Geld verdienen, Andri. Geld, viel Geld..."

Nun steht der Geselle vor der Zeugenschranke. Auch von ihm sind dieselben nichtssagenden Entschuldigungen wie von den andern zu hören. „Ich bin nicht schuld, daß sie ihn geholt haben später."

Im vierten Bild des Stückes wird Andri im Wohnzimmer seiner Eltern von dem Amtsarzt des Landes Andorra untersucht. Der Amtsarzt ist ein Schwätzer, der üble nationale Phrasen von sich

gibt, denen zufolge die Andorraner besser als andere sind. Als wackerer Antisemit verwünscht er die Juden in Grund und Boden. Andri ist betroffen und läuft davon. Erst als der Vater kommt und dem Amtsarzt samt seiner im Grunde nur angemaßten Würde ziemlich unsanft aus dem Haus befördert hat, kommt Andri wieder und eröffnet ihm, daß er seine Stiefschwester Barblin heiraten möchte. Der Lehrer ist vor Schreck erstarrt und entgegnet mit einem glatten Nein. Andri schiebt die Weigerung auf sein jüdisches Wesen und verzweifelt. Der Lehrer beendet die Szene, indem er davonläuft — in die Kneipe.
Hier kippt er einen Schnaps nach dem andern, um seinen Kummer zu ertränken. Aber das gelingt ihm schlecht, da der Jemand kommt und ihm aus der Zeitung berichtet, daß „die da drüben", die Schwarzen, wieder drohen.
Im nächsten Bild liegt Andri in der Nacht vor der Türschwelle der Barblin und schläft. Da erscheint der Schatten des Soldaten, groß und unheimlich, an der Wand, und schließlich schleicht der Soldat selbst heran, steigt langsam über Andri hinweg, öffnet die Tür der Kammer, hält Barblin, die aufschreien will, als sie ihn sieht, den Mund zu und schließt die Türe hinter sich. Da erwacht Andri. In einem Monolog zeigt er wieder seine Liebe zu Barblin. Da wird von innen die Tür zugeriegelt. Andri nimmt an, daß es Barblin ist, die es wegen ihres Vaters tut, und sein Monolog nimmt die Wendung zum abgrundtiefen Haß, den er auf seinen Stiefvater und auf die andern überhaupt hat. Er ist der Arme, in jedem Sinn Ausgestoßene. Da erscheint der Lehrer, sternhagelvoll, schnaubend und polternd. Er will Andri klarmachen, daß er sein Vater ist, aber das gelingt ihm nicht. Er scheitert an Andris Ablehnung, weil er so wie die andern ist. Auch er sieht in Andri bloß den Jud, und Andri will nichts anderes als ein Jud sein. Fassungslos starrt ihn der Lehrer an und torkelt davon. Nun will Andri die Tür zu Barblins Kammer aufstoßen, doch da öffnet sich diese von innen, und im Rahmen steht groß, halb nackt und brutal Peider, der Soldat, und verjagt den verzweifelten Andri.
Im Vordergrund steht jetzt wieder die Zeugenschranke. Der Soldat, nun in Zivil, verantwortet sich. Wie die anderen gibt auch er nur dumme Redensarten von sich. Allerdings sagt er weniger. „Befehl ist Befehl", das ist im Grunde alles, was er weiß.
In der nächsten Szene fragt Andri den Pater verzweifelt: „Stimmt das Hochwürden, daß ich anders bin als alle?" Doch der Pater versteht die Not des Jungen nicht. Er will ihn aufrichten, trösten, indem er ihn besser als die andern macht. Doch gerade damit redet

er an ihm vorbei. Andri bricht in seiner Verzweiflung an sich selbst zusammen. Er kann sich nicht selbst annehmen, so wie es der Pater von ihm verlangt, und läßt den Pater, der zur Messe angekleidet wird, einfach stehen.
Als der Pater vor der Zeugenschranke steht, bekennt er sich schuldig. „Du sollst dir kein Bild machen von Gott, deinem Herrn, und nicht von den Menschen, die seine Geschöpfe sind."
Neues Bild: Vor der Wirtschaft haben sich einige Andorraner versammelt. Der Doktor, der nur Amtsarzt geworden ist, „weil er keinen Satz ohne Andorra und Heimat bilden kann", schwätzt von Politik und davon, daß die Schwarzen Andorra, das beliebteste Land der Welt, den Hort der Freiheit, nicht angreifen werden und können. Der Soldat stimmt seinen Phrasen zu. „Bis zum letzten Mann" soll gekämpft werden. Da wird eine Dame gemeldet, eine von drüben, die beim Wirt ein Zimmer mieten will. Ihr Gepäck wird bereits gebracht, und der Wirt wehrt sich mit vielen Worten dagegen, daß er ein Verräter sein soll. Schließlich ist der Gast heilig. Als die Senora kommt, erheben sich die Andorraner, einer nach dem andern, zahlen und gehen. Nur der Soldat bleibt und gafft sie an. Als andere Soldaten kommen, rennomiert er mit seiner angeblichen Kühnheit gegenüber der feindlichen Ausländerin. Schließlich kommt Andri und will den Soldaten Pleider verprügeln. Gegen Pleider wäre er auch der Stärkere, schon die ersten Momente des Kampfes erweisen das. Da aber stürzen sich die andern Soldaten und der Tischlergeselle zu fünft auf ihn und verprügeln ihn, bis er blutet. Dann gehen sie und lassen Andri allein auf dem Platz liegen. Die fremde Dame nimmt sich seiner an. Sie reinigt ein wenig seine Wunde und bittet Andri, mit ihr zu seinem Vater zu gehen. Der Wirt hat gesehen, daß Andri Unrecht geschehen ist, doch als er mit dem Amtsarzt redet, fordert ihn dieser auf, nichts davon zu sagen. Die Juden sind doch im Grunde nur selbst daran schuld, daß ihnen Unrecht geschieht, meint er.
Daß Andri kein Jude ist, zeigt die nächste Szene. Die Fremde macht dem Lehrer heftige Vorwürfe, weil er Andri seinerzeit, während der großen Morde im Nachbarland, als er ihn über die Grenze gebracht hat, als Judenkind ausgegeben hat. Damals war es modern, einem Juden zu helfen, und der Lehrer war feige; denn in Wirklichkeit ist Andri der Sohn des Lehrers, und die fremde Dame ist seine Mutter. Der Lehrer kann nichts anderes als versprechen ihnen zu sagen, „daß er mein Sohn ist". Doch am Ende resigniert er: „Und wenn sie die Wahrheit nicht wollen?"

Wenig später unterhalten sich die Dame und Andri, der nicht weiß, daß er mit seiner Mutter spricht. Als der Lehrer kommt, verabschiedet sich die Senora, Andri begleitet sie ein Stück. Während er draußen ist, kommt der Pater. Die Frau des Lehrers gibt ihm zu verstehen, daß er nun Andri seine nichtjüdische Abstammung klarmachen muß. Doch da kommt Andri auch schon nach Hause. Die Senora wollte wegen der aufgeregten Menge in den Gassen allein zum Bahnhof gehen. Nun geht der Lehrer, um sie zu begleiten. Auf Andris Frage, wer sie sei, gibt er keine Antwort. Sie hat Andri einen schönen Ring mit einem Topas geschenkt. Der Pater, mit Andri allein gelassen, geht an seine Aufgabe. Aber Andri macht nicht mit. Die Andorraner haben ihm immer wieder bewiesen, daß er ein Jud ist, nun will er auch einer bleiben. Dieser Argumentation gegenüber ist der Pater ohnmächtig. In diesem Augenblick stürzt der Lehrer ins Zimmer mit der Schreckensbotschaft, daß die Senora tot ist. Ein Stein aus der aufgeregten Menge hat sie getroffen. Auf des Paters Frage, wer ihn geschleudert habe, folgt die in Andorra einzig mögliche Antwort: „Andri, sagen sie, der Wirt habe es mit eigenen Augen gesehen." Als Andri davonlaufen will, hält ihn sein Vater fest: „Er war hier," und zum Pater gewandt: „Sie sind sein Zeuge."
Als nächster steht nun der Jemand vor dem Tribunal. Er weiß von nichts, war es nicht gewesen, möchte niemand beschuldigen und ist überhaupt dafür, man solle alles vergessen. „Einmal muß man ja auch vergessen können."
Im nächsten Bild haben die Schwarzen Andorra besetzt. Die Andorraner halten sich still in ihren Häusern, und irgendwoher verkündet ein Lautsprecher, daß sie nichts zu fürchten haben. Der Lehrer und Andri sitzen auf dem Platz von Andorra. Der Lehrer hat ein Gewehr. Er ist der letzte, der noch eins hat. Alle anderen Andorraner beeilen sich mit der Kapitulation. Sie haben sogar schon die Fahne der Schwarzen. Der Lehrer versucht auf Andri einzureden, aber es hat keinen Zweck. Andri weiß, daß er Jude ist, von den Andorranern zum Juden gemacht wurde und daß ihn nun das Schicksal seines Volkes erwartet. Am Schluß der Szene wird der Lehrer, als er auf die Andorraner schießen will, von dem Soldaten Peider entwaffnet.
Nun sitzen Andri und Barblin allein vor der Kammer. In der Ferne Trommeln. Andri macht Barblin Vorwürfe. Zum letztenmal bricht seine Verzweiflung auf, da kommen auch schon die Schwarzen, angeführt von Peider, und holen Andri zur Judenschau.
Doch ehe diese ebenso lächerliche wie makabre Szene beginnt,

tritt der Doktor vor die Zeugenschranke. Er braucht mehr Wörter als die andern, um sich zu entschuldigen, aber er sagt noch weniger als sie.
Die Judenschau findet auf dem öffentlichen Platz in Andorra statt. Die Andorraner müssen sich alle miteinander versammeln. Sie bekommen schwarze Tücher mit dem Hoheitszeichen der Sieger, die sie über den Kopf ziehen müssen. Der Judenschauer, ein farbloser Beamter, der während der ganzen Szene kein einziges Wort spricht, läßt die Vermummten, die sich wie eine Herde Schafe, unterwürfig und dumm, verhalten, an sich vorbeiziehen. Er gibt schweigend seine Zeichen. Als Antreiber fundiert der Soldat Peider. Barblin versuchte vor der Vermummung mit den Andorranern zu reden. Aber sie ließen sich nicht auf sie ein. Als der Jemand, vermummt, an dem Judenschauer vorbeizieht, gibt dieser ein Zeichen, und drei Pfiffe ertönen. Jemand zieht erblassend sein Tuch ab. Der Judenschauer betrachtet ihn genau, läßt ihn aber dann weitergehen. Erst als der vermummte Andri vor ihm erscheint, ertönt wieder der dreifache Pfiff.
Der Lehrer und seine Frau versuchen zu erklären, daß Andri kein Jude ist. Aber niemand hört sie. Der Judenschauer betrachtet Andri sehr genau, und als er Geld in seinen Taschen findet, „Judengeld", wie die Andorraner sagen, ist das Urteil gefällt. Die Schwarzen führen ihn ab. Zuvor bilden sie einen Kreis um ihn und schlagen ihm, als er den Ring der Senora nicht freiwillig hergeben will, den Finger ab.
Nun gehen die Andorraner nach Hause. Übrig bleibt Barblin, mit geschorenem Haar, weil sie sich mit einem Juden eingelassen hat, und der Pater, der, wie bisher bei ihrem Bruder ohne Erfolg, mit ihr zu reden versucht. Ihr Vater hat sich im Klassenzimmer erhängt. Sie hat den Verstand verloren und weißelt wie am Anfang. Sie malt ein schneeweißes Andorra. Außerdem bewacht sie Andris Schuhe, die stehengeblieben sind: „Rührt sie nicht an! Wenn er wiederkommt, das hier sind seine Schuh."

CHARAKTERBILDER DER HAUPTPERSONEN

Andri, der Held des Dramas, ist ein etwa achtzehn Jahre alter Junge, der sich eigentlich durch nichts von seinen Altersgenossen unterscheidet. Er spielt gern Fußball und freut sich darauf, daß er mit seiner Mannschaft antreten darf. Auch der Beruf, den er ergreifen will, bereitet ihm Freude, so daß er es zu einem recht achtbaren Lehrlingsstück bringt. Barblin, von der er zunächst glauben muß, daß sie seine Stiefschwester ist, liebt er mit scheuer Hingabe. In seinem Glück findet er sogar poetische Wendungen: „Man möchte seinen Namen in die Luft werfen wie eine Mütze." — Zu dem, was aus diesem einfachen, natürlichen Jungen dann schließlich geworden ist, haben ihn die andern gemacht, unbarmherzig und einzig an ihrem Vorurteil festhaltend, er sei ein Jude, ein typischer Jude, mit allen Nachteilen behaftet, die man diesem Volk in Andorra — und nicht bloß hier — andichtet. Ihm wird gesagt, er reibe sich dauernd die Hände, also tut er es. Er sei nur aufs Geld aus, also trägt er immer Geld mit sich herum, erst recht, als er wirklich anfängt zu sparen und nicht mehr, wie zuvor, sein Geld achtlos in ein Orchestrion steckt, was er übrigens mit vielen Gleichaltrigen gemeinsam hatte. Ihm wird erklärt, er sei feige, also wird er feige und drückt sich immer im Hintergrund herum, obschon er mit seinem größten Gegner, dem Soldaten Peider, leicht fertig werden kann. Er könne schnorren, macht ihm der Tischler klar, also schnorrt er: „Kann man finden einen besseren Stuhl? Wackelt das? Ächzt das? Kann man finden einen billigeren Stuhl? — Ich muß reich werden."

So wandelt sich sein Charakter. Er wird zu dem, was die anderen einen typischen Juden nennen. Das macht ihn einsam, leidend und verzweifelt. Er grübelt und sinnt und sucht nach Hilfe, die ihm jedoch keiner geben kann. Doch zuletzt zeigt sich noch eine dritte Seite seines Wesens, die heroische, die ihn weit über den Durchschnitt der anderen Menschen erhebt. Sie haben ihn zum Juden gemacht. Als er erfährt, daß er kein Jude ist, flüchtet er nicht in die neue Wahrheit, sondern bleibt mutig bei seinem Schicksal. „Jetzt ist es an Euch, ... Euern Jud anzunehmen." Er aber nimmt tapfer sein Schicksal auf sich: „Ich weiß, wer meine Vorfahren sind. Tausende und Hunderttausende sind gestorben am Pfahl, ihr Schicksal ist mein Schicksal." Das Heldenhafte an ihm ist keineswegs laut und tönend. Am Ende, als ihn die Schwarzen holen und der Judenschauer ihn aburteilt, ist er ängstlich und klein. Aber seine Tapferkeit im Ausharren stellt ihn dennoch über die anderen.

Sie alle sind um die Hauptperson, Andri, herumgruppiert. B a r b - l i n , zuerst seine Braut, dann seine Schwester, liebt Andri. Sie hält treu zu ihm, auch nachdem ihr Peider Gewalt angetan und sich der verzweifelte Andri von ihr gewandt hat. Eine wirkliche Hilfe ist sie Andri allerdings nicht, da sie, das junge Mädchen, seine Ausgestoßenheit noch nicht fassen kann. Als sie ihn versteht, ist es zu spät. Andri ist ermordet, und sie verfällt dem Wahnsinn — eine zweite Ophelia.

Ihr Vater, der L e h r e r , ist ein mutiger und selbständiger Mann; so scheint es jedenfalls. Er hat in dem scheinheiligen und bigotten Andorra die Schulbücher zerrissen, weil sie nichts taugen, und den Kindern die Wahrheit gesagt. Doch so mutig, wie er nach außen ist, so feige ist er nach innen. Als er Andri, seinen Sohn, über die Grenze brachte, hat er ihn als Juden ausgegeben, weil es bequem war, weil er bewundert wurde und vor allem weil ihm der Mut fehlte, sich zu seinem unehelichen Kind zu bekennen. Als es zu spät ist, verzweifelt er, fängt an zu trinken und ist schließlich nur die Ruine seiner selbst. Als er keinen Ausweg mehr sieht, hängt er sich auf. Ihm zur Seite steht die M u t t e r , eine etwas farblose Person, die er, wie sie selbst bemerkt, nur geheiratet hat, weil sie Andorranerin ist.

Die S e n o r a , die wirkliche Mutter Andris, ist eine vornehme und gütige Dame. Sie hatte ihren Sohn aufgegeben, weil sie Angst hatte und feige war, wie sie selbst gesteht. Später ist sie mutig. Sie wagt sich sogar in das aufgehetzte Andorra. Aber das Verhängnis für Andri kann auch sie nicht aufhalten. Ihren Gang bezahlt sie mit ihrem Leben.

In dem S o l d a t e n verkörpert sich andorranisches Wesen sehr klar. Er ist geschwätzig, redet vom Endsieg der Andorraner und von der Aufopferung bis zum letzten Mann, um sich dann, wenn es soweit ist, sofort auf die Seite des Mächtigeren zu stellen. Darüber hinaus ist er gemein und ordinär. Er hat es auf Barblin abgesehen und nimmt sie sich mit Gewalt. Wie alle Egoisten ist er im Grunde seines Wesens ein Feigling, der sogar vor dem schlafenden Andri erschrickt und ihn, wenn er wach ist, nur von hinten oder in Gesellschaft anderer angreift.

Ihm gleich auf dem Feld der leeren Worte ist der D o k t o r , der wie es der Lehrer formuliert, nur Amtsarzt geworden ist, weil er keinen Satz ohne Andorra und Heimat bilden kann. Was ihm an Klugheit und Wissenschaft fehlt, ersetzt er durch einen ebenso widerlichen wie hohlen Nationalismus, hinter dem er nur seine Minderwertigkeitsgefühle verbirgt. Hier liegt auch der Grund für seinen Antisemitismus. Er bezeichnet sich als Professor und wollte gern einen Lehrstuhl. Daß er keinen bekommen konnte, liegt an seiner Dummheit. Er aber sucht einen Sündenbock und findet ihn in „dem Juden", der „alle Lehrstühle der Welt" erschlichen hat und besetzt hält.

Im Gegensatz zu ihm ist der Pater ein guter Mensch. Aber er versagt dennoch, wo alle anderen auch versagen. Er versteht Andri nicht, weil er an seinen Fiktionen festhält, ohne sich dem Menschen, der ihm gegenübersteht, zu öffnen. Er behandelt Andri nach den Methoden eines Lehrbuches für Seelenführung, bemerkt jedoch nicht, daß Andri ein lebendiger Mensch ist, der einzige Fall, der in einem solchen Lehrbuch eben nicht angeführt ist. Seine Reue, „du sollst dir kein Bild machen," kommt zu spät.

Der Wirt und der Tischler sind typische Andorraner, erfüllt von Vorurteil, von Feigheit und von Geldgier. Sie lassen sich durch nichts erschüttern, vor allem nicht in ihrem Urteil über Andri. Auch sie richten ihn zugrunde. Ihnen ebenbürtig ist der Geselle, der Andri tief enttäuscht, als er ihn aus Feigheit vor seinem Meister verrät.

Der Jemand ist in seiner Farblosigkeit, die sich mit einem leicht ironischen Gemüt verbindet, dem aber die der Ironie eigene Überlegenheit fehlt, ein typischer Vertreter des anonymen Volkes. Oft, wenn er auftritt, liest er die Zeitung. Er nimmt nie Stellung und äußert sich immer in allgemeinen Redensarten.

Die furchtbarste und letzte Perfektion des Unmenschlichen, das Andri vernichtet, ist der Judenschauer. Er benimmt sich wie ein schlichter Beamter und funktioniert ausschließlich, und zwar im Sinne des Vorurteils, das alle haben. Es ist kein Zufall, daß er stumm bleibt während seines Auftrittes. Ihm fehlt das Menschliche, ihm fehlt das Wort.

Kurze Interpretation des Stückes

Wer Jude ist, bestimme ich.
Hermann Göring

Das Stück „Andorra" ist ein Drama des Vorurteils, des ganz gewöhnlichen, dummen Vorurteils. Deswegen ist es verfehlt, von einer Tragödie zu reden. Dazu fehlt dem „Stück in zwölf Bildern" die Polarität, die Spannung und schließlich der siegreiche Untergang des Helden. In „Andorra“ wird vor unsern Augen einfach ein Mensch zu Tode gefoltert, langsam, systematisch. Wie einer Blüte, so wird seinem Menschsein Blatt um Blatt abgerissen, bis schließlich nur noch ein armes, zerrissenes Etwas übrigbleibt. Im selben Maße, in dem der Mensch abnimmt, wächst um ihn herum das Böse, aber nicht in seiner schrecklichen, großen Form, sondern als Vorurteil, als Gleichgültigkeit und als Feigheit, als bürgerliche Angst.

Man könnte meinen, dem Stück läge ein geschichtliches Ereignis zugrunde: Ein junger Mann, fast noch ein Jüngling, wird als kleiner Junge in einer Zeit, als es schick war, sich der im Nachbarland Bedrängten und Verfolgten anzunehmen, als Jude ausgegeben, obschon er gar keiner ist. Nun behandeln ihn alle als Juden, und er geht daran zugrunde, zuletzt sein Schicksal bewußt auf sich nehmend. Hier klingt fast eine Erinnerung an die berühmte Stelle des Gerstein-Berichtes an, als Gerstein, der Augenzeuge einer Massenvergasung jüdischer Menschen, schreibt: „Wie gern wäre ich mit ihnen in die Kammer gegangen, wie gern wäre ich ihren Tod mitgestorben. Sie hätten dann einen uniformierten SS-Offizier in ihren Kammern gefunden — die Sache wäre als Unglücksfall aufgefaßt und behandelt worden und sang- und klanglos verschollen.“

Doch bei aller Ähnlichkeit mit der Wirklichkeit ist „Andorra“ keineswegs wirklich, sondern ein Gleichnis, eine Parabel; aber ein Gleichnis, das soviel oder sowenig Abstand von der Wirklichkeit hat, daß es überall eingesetzt werden kann, ohne sie zu verfälschen. Statt des Juden könnte in diesem Stück auch ein Neger oder ein Chinese oder ein Kommunist oder überhaupt irgendein anderer innerhalb einer bestimmten Gruppe, die etwas Besonderes zu sein glaubt (und welche Gruppe glaubt das nicht früher oder später von sich?), eingesetzt werden. So ist das Stück ein Exempel dafür, daß der andere der Schlechte ist, der Sündenbock, und schließlich vernichtet werden muß; und wenn es diesen anderen nicht gibt — nun gut, dann erfindet man ihn eben. So wird der Antisemitismus zur unerbittlichen, harten Metapher, zur Metapher des Urbösen im Menschen, das auf die Vernichtung des anderen aus ist. Hier läßt sich erkennen, daß das Böse zunächst nicht so sehr im Herzen des einzelnen, als vielmehr in der Gruppe seinen Ursprung hat, diese aber wiederum besteht aus den einzelnen und ihrem Vorurteil.

An Andri, eben diesem anderen, der ein normaler junger Mensch

ist, zeigt sich das Versagen der Menschen Stück um Stück. Der Lehrer hat, als er Andri über die Grenze brachte, seine Lebenslüge in die Welt gesetzt. An sich war dieser Lehrer ein mutiger und selbstbewußter Mann, aber an dieser Lüge wird er zur Ruine seiner selbst und zerbricht schließlich. Die anderen nehmen die Lüge auf. Sie wollen die Wahrheit nicht, wie der Lehrer richtig erkennt, und langsam, aber unerbittlich, formen sie Andri, ihrem Vorurteil entsprechend, um. Der Soldat Peider verkörpert das Gemeine, die brutale Kraft, die ja dann auch unmittelbar zupackt, als es gilt, Andri den „Schwarzen" — eine Anspielung auf die SS ? — auszuliefern. Der Propagandaminister des Landes Andorra ist der Amtsarzt. Er trägt seine Phrasen von der kernigen Schlichtheit und der Treue des andorranischen Menschen — wie die Eichen des Landes — zu Markte und schwätzt sie einem jeden auf. Das Gegenteil dieser eichenhaften Treue ist der Jud, dessen Zerrbild zu entwerfen der Doktor jede Gelegenheit wahrnimmt, womit er wesentlich dazu beiträgt, das Vorurteil über Andri zu festigen. Er läßt aber auch deutlich erkennen, daß sein unbefriedigter Ehrgeiz die tiefste Wurzel seines dummen Hasses ist. Aber auch die Kirche, vertreten durch den Pater, versagt Andri gegenüber. Gewiß, der Pater hat guten Willen und möchte Andri helfen; dennoch ist er dem Vorurteil verhaftet. Seine Hilfe ist Schablone, Farce. Er hat sich ein Bild von Andri gemacht, und wie alle Menschen aus Andorra redet er demzufolge an Andri vorbei. Auch Barblin, seine Braut und dann seine Schwester, erreicht Andri nicht. Er ist ganz und gar allein und steht in derselben Einsamkeit wie die andern Personen des Stückes, was sich daran zeigt, daß auch sie nur selten miteinander, dafür jedoch meistens aneinander vorbeireden.
Doch in dieser Einsamkeit vollzieht sich das Paradoxon dieses Stückes. Im selben Augenblick, in dem Andri sich seiner wahren Identität bewußt werden könnte, bekennt er sich zu der Lüge seines Vaters, zu der Lüge der andern. Er macht diese Lüge zu s e i n e r Wahrheit. Sie haben ihn zum Juden, zum anderen, zum Außenstehenden gemacht, nun sollen sie ihren Juden haben. „Jetzt ist es an Euch, ... Euren Juden anzunehmen." Es kommt also nicht darauf an, was ein Mensch in Wirklichkeit ist. Er ist das, was er sich denkt, und vor allem, was die anderen in ihm sehen. „Jeder Mensch", hat Max Frisch einmal in einem Interview gesagt, „jeder Mensch erfindet früher oder später eine Geschichte, die er, oft unter gewaltigen Opfern, für sein Leben hält, oder eine Reihe von Geschichten, die mit Namen und Daten zu belegen sind, so daß an ihrer Wirklichkeit, scheint es, nicht zu zweifeln ist.

Trotzdem ist jede Geschichte, meine ich, eine Erfindung. Und daher auswechselbar. Man könnte mit einer fixen Summe gleicher Vorkommnisse, bloß indem man ihnen eine andere Erfindung seines Ichs zugrunde legt, sieben verschiedene Lebensgeschichten nicht nur erzählen, sondern leben. Das ist unheimlich. Wer es weiß, hat Mühe zu leben. Wer es nicht weiß, und zum Glück wissen es die wenigsten, hat keine Wahl, da er seine Erfindung von sich selbst nicht als solche durchschaut, und seine ganze Kraft dient dazu, Vorkommnisse herbeizuführen, die seine Erfindung bestätigen — beispielsweise seine Erfindung, ein Pechvogel zu sein, ein schlichter, und von keinem Glück begünstigter Mann. Stellen sie sich vor, ein solcher Pechvogel gewinnt plötzlich das große Los. Was ändert das! Er zweifelt nicht an seiner Erfindung, ein Pechvogel zu sein, sondern er zweifelt an der Lotterie, an der Welt, am Schicksal. Er kann es nicht fassen, kein Pechvogel zu sein, nein, er will es nicht fassen; lieber wird er krank, magenkrank, um auch mit dem großen Los noch ein Pechvogel zu bleiben, oder er verliert die Brieftasche, noch bevor er sich etwas gekauft hat von seinem großen Los. Ich kenne einen solchen Fall. Jetzt erzählt er überall, was ihm zugestoßen ist, und er ist froh um sein Pech. Denn seine Erfindung, ein redlicher und von keinem Glück begünstigter Mensch zu sein, ist ihm jede Summe wert; andernfalls müßte er sich ja ein anderes Ich erfinden, das heißt: er müßte seine ganze Lebensgeschichte nochmals umdichten, alle Vorkommnisse seiner Vergangenheit anders erzählen, nochmals sich selbst erleben, was kostspieliger ist, glaube ich, als der Verlust einer vollen Brieftasche . . ." Weiter sagt Max Frisch im selben Interview: „Was wir in Wahrheit haben, sind Erfahrungen, Erlebnismuster. Nicht nur indem wir schreiben, auch indem wir leben, erfinden wir Geschichten, die unser Erlebnismuster ausdrücken, die unsere Erfahrung lesbar machen. Dabei glaube ich, und das ist entscheidend für die Möglichkeit der Darstellung: Erfahrung ist ein Einfall, nicht ein Ergebnis aus Vorfällen. Der Vorfall, ein und derselbe, dient hundert verschiedenen Erfahrungen."

Doch hier nimmt das Stück „Andorra", das in seinem Stil und seiner Diktion unüberhörbar an Brecht orientiert ist, im Verborgenen eine Wendung zur Tragödie. Andri bekommt, indem er mutig, wenn auch nicht ohne Verzweiflung, sein Schicksal auf sich nimmt, leise Züge eines tragischen Helden. Hinter ihm steht die Wahrheit — „Ich brauche keine Feinde mehr, die Wahrheit reicht aus." — und mit der Wahrheit und der offenkundigen Tatsache, daß ihm Unrecht geschieht, erscheint das Bewußtsein der Gerechtigkeit. Sie sitzt zu Gericht über Andorra, das Max Frisch ausdrücklich als „Modell" verstanden wissen will, und verurteilt unsern Haß, unsere Gemeinheit und vor allem unser Vorurteil, das nach der Definition des Dichters einzig ein Zeichen unserer Unfähigkeit zu lieben ist. An die Stelle der Liebe hat es das Bildnis gesetzt.

Doch darüber soll Max Frisch selbst das Wort gelassen werden. In seinem „Tagebuch" hat er sich bereits 1946 Gedanken über das Vorurteil gemacht. Sie sind lange vor dem Stück „Andorra" gedacht und stehen im „Tagebuch" vor der „Urfassung" des Stückes, ein Zeichen dafür, daß bei Max Frisch der Gedanke vor dem Werk, das Werk aber im Sog des Gedankens steht:

„Unsere Meinung, daß wir das andere kennen, ist das Ende der Liebe, jedesmal, aber Ursache und Wirkung liegen vielleicht anders, als wir anzunehmen versucht sind — nicht weil wir das andere kennen, geht unsere Liebe zu Ende, sondern umgekehrt; weil unsere Liebe zu Ende geht, weil ihre Kraft sich erschöpft hat, darum ist der Mensch fertig für uns. Er muß es sein. Wir können nicht mehr! Wir künden ihm die Bereitschaft, auf weitere Verwandlungen einzugehen. Wir verweigern ihm den Anspruch alles Lebendigen, das unfaßbar bleibt, und zugleich sind wir verwundert und enttäuscht, daß unser Verhältnis nicht mehr lebendig sei.

„Du bist nicht", sagt der Enttäuschte oder die Enttäuschte: „wofür ich dich gehalten habe."

Und wofür hat man sich denn gehalten?

Für ein Geheimnis, das der Mensch ja immerhin ist, ein erregendes Rätsel, das auszuhalten wir müde geworden sind. Man macht sich ein Bildnis. Das ist das Lieblose, der Verrat."

„Kassandra, die Ahnungsvolle, die scheinbar Warnende und nutzlos Warnende, ist sie immer ganz unschuldig an dem Unheil, das sie voraussagt?

Dessen Bildnis sie entwirft.

Irgendeine fixe Meinung unsrer Freunde, unsrer Eltern, unsrer Erzieher, auch sie lastet auf manchem wie ein altes Orakel. Ein halbes Leben steht unter der heimlichen Frage: Erfüllt es sich oder erfüllt es sich nicht. Mindestens die Frage ist uns auf die Stirne gebrannt, und man wird ein Orakel nicht los, bis man es zur Erfüllung bringt. Dabei muß es sich durchaus nicht im geraden Sinn erfüllen; auch im Widerspruch zeigt sich der Einfluß, darin, daß man so nicht sein will, wie der andere uns einschätzt. Man wird das Gegenteil, aber man wird es durch den andern.

Eine Lehrerin sagte einmal zu meiner Mutter, niemals in ihrem

Leben werde sie stricken lernen. Meine Mutter erzählte uns jenen Ausspruch sehr oft; sie hat ihn nie vergessen, nie verziehen; sie ist eine leidenschaftliche und ungewöhnliche Strickerin geworden, und alle die Strümpfe und Mützen, die Handschuhe, die Pullover, die ich jemals bekommen habe, am Ende verdanke ich sie allein jenem ärgerlichen Orakel!...

In gewissem Grad sind wir wirklich das Wesen, das die andern in uns hineinsehen, Freunde wie Feinde. Und umgekehrt! auch wir sind die Verfasser der andern; wir sind auf eine heimliche und unentrinnbare Weise verantwortlich für das Gesicht, das sie uns zeigen, verantwortlich nicht für ihre Anlage, aber für die Ausschöpfung dieser Anlage. Wir sind es, die dem Freunde, dessen Erstarrtsein uns bemüht, im Wege stehen, und zwar dadurch, daß unsere Meinung, er sei erstarrt, ein weiteres Glied in jener Kette ist, die ihn fesselt und langsam erwürgt. Wir wünschen ihm, daß er sich wandle, o ja, wir wünschen es ganzen Völkern! Aber darum sind wir noch lange nicht bereit, unsere Vorstellung von ihnen aufzugeben. Wir selber sind die letzten, die sie verwandeln. Wir halten uns für den Spiegel und ahnen nur selten, wie sehr der andere seinerseits eben der Spiegel unseres erstarrten Menschenbildes ist, unser Erzeugnis, unser Opfer —."

„Es ist bemerkenswert, daß wir gerade von dem Menschen, den wir lieben, am mindesten aussagen können, wie er sei. Wir lieben ihn einfach. Eben darin besteht ja die Liebe, das Wunderbare an der Liebe, daß sie uns in der Schwebe des Lebendigen hält, in der Bereitschaft, einem Menschen zu folgen in allen seinen möglichen Entfaltungen. Wir wissen, daß jeder Mensch, wenn man ihn liebt, sich wie verwandelt fühlt, wie entfaltet, und daß auch dem Liebenden sich alles entfaltet, das Nächste, das lange Bekannte. Vieles sieht er wie zum ersten Male. Die Liebe befreit es aus jeglichem Bildnis. Das ist das Erregende, das Abenteuerliche, das eigentlich Spannende, daß wir mit den Menschen, die wir lieben, nicht fertig werden: weil wir sie lieben, solang wir sie lieben. Man höre bloß die Dichter, wenn sie lieben; sie tappen nach Vergleichen, als wären sie betrunken, sie greifen nach allen Dingen im All, nach Blumen und Tieren, nach Wolken, nach Sternen und Meeren. Warum? So wie das All, wie Gottes unerschöpfliche Geräumigkeit, schrankenlos, alles Möglichen voll, aller Geheimnisse voll, unfaßbar ist der Mensch, den man liebt —

Nur die Liebe erträgt ihn so."

Dokumente und Gedanken zum rassischen Vorurteil und zur Judenverfolgung

Das Vorurteil gegen die Juden ist sehr alt. Zunächst war es das religiöse Vorurteil, das Jahrhunderte lang grassierte und einer oberflächlichen Betrachtung der Bibel entsprungen ist. Juden waren es, die Christus kreuzigten, Juden, die seine Lehre und ihn verfolgten. Dabei vergaß man jedoch, daß Christus selbst, Maria und die meisten Apostel Juden waren. Immerhin, im Mittelalter konnte sich ein Jude durch die Taufe dem Vorurteil und der Verfolgung entziehen. Erst im Laufe des 19. Jahrhunderts wurde das religiöse Vorurteil zum „rassischen“ Bewußtsein, einer Konstruktion, ebenso dumm wie falsch; denn die Juden gehören genauso zur weißen Rasse wie die Franzosen oder die Deutschen. Aber darauf kommt es einem echten Antisemiten gar nicht an. Er braucht einen andern, der klein, schwach und minderwertig ist, dem gegenüber er sich seiner eigenen Größe bewußt werden kann, d. h. seiner eigenen Minderwertigkeitskomplexe nicht mehr zu erinnern braucht — mit einem Wort, er braucht einen Sündenbock. Dazu boten sich in Deutschland lange Zeit hindurch die Juden an, deren „Anderssein“ in religiöser und „rassischer“ Hinsicht den erwünschten Vorwand lieferte. In anderen Ländern sind es andere kleine Gruppen, etwa die Neger, die Chinesen, die Moslems, die Hindus, oder wer auch immer. Wenn im folgenden Quellen und Gedanken zur Judenverfolgung herangezogen werden, dann deswegen, weil diese für uns am leichtesten zugänglich sind, weil Max Frisch in seinem „Modell” den Juden Andri, der im Grunde kein Jude ist, eingefügt hat und schließlich weil sich das Vorurteil gegen die Juden in Deutschland bedauerlicherweise bis in seine äußerste, furchtbarste Konsequenz ausgetobt hat. Die Quellen und Gedanken sollen Teile des Weges zeigen, auf dem das Vorurteil entstand und wuchs, und zugleich sollen sie eine Hilfe bei der Betrachtung des Stückes „Andorra“ sein.

Golo Mann sagt in seiner Schrift „Der Antisemitismus“ (Frankfurt 1961) über das Vorurteil gegen die Juden:

„Niemand würde es einfallen, das, was ein Nichtjude treibt, nun allen Nichtjuden auf ihr Verdienst- oder Schuldkonto zu schreiben. Nun, was ein Jude Verdienstvolles tut, hat man auch nie allen Juden auf ihr Konto geschrieben. Trieb aber ein Jude etwas irgendwie Negatives, irgendwie Angreifbares oder Tadelnswertes — das war typisch jüdisch, das sollte den Charakter des Judentums in seinem wahren Lichte zeigen . . . Das war die Haltung, das war das Denken und Fühlen des Antisemiten, nicht des antisemitischen Fanatikers, sondern des Durchschnitts-Antisemiten, von denen es eben viele Millionen gab: erschien ein Jude irgendwie tadelnswert, irgendwie ungenügend, so bezeichnete er damit den wahren Charakter des Judentums. Hatte aber ein Jude ein nicht zu bestreitendes Verdienst, so hatte er es trotzdem und man mußte davon die Tatsache, daß er eben doch ein Jude war, wenigstens in Abzug bringen. Auch bestand leicht der Verdacht, daß sein Verdienst, das Verdienst Albert Einsteins, oder Fritz Habers, oder James Francks, oder Bruno Walters, oder wer es auch war, daß sein Verdienst am Ende so groß nicht war, daß es von einer jüdischen Verschwörung aufgebläht wurde. Was die deutsche Wissenschaft, die Physik, die Medizin, durch die jüdische Emigration verloren hat und was die amerikanische Wissenschaft an ihr gewann, könnte hier freilich ein Besseres lehren. Aber auch wieder nur den, der belehrt sein will. Der echte Antisemit, der Fanatiker wie der mildere Durchschnitts-Antisemit hat aber niemals belehrt werden wollen und will es auch heute nicht. Er ist an der Wahrheit überhaupt nicht interessiert. Er will von der Erfahrung nichts anderes als eine Bestätigung seiner Ansichten. Er hat gewisse Ansichten, mit denen er an die Erfahrung herangeht. Wenn die Erfahrung seine Ansichten, seine Vorurteile irgendwie bestätigt, so ist sie ihm willkommen. Bestätigt sie aber seine Vorurteile nicht, dann ist sie ihm gleichgültig."

Ernst Moritz Arndts Liebe zu Deutschland hat sich stellenweise blind überschlagen, so in seiner 1814 erschienenen Schrift „Blick auf die Zeit":

„Man sollte die Einfuhr der Juden aus der Fremde in Deutschland schlechterdings verbieten und hindern ... Die Juden als Juden passen nicht in diese Welt und in diese Staaten hinein, und darum will ich nicht, daß sie auf eine ungebührliche Weise in Deutschland vermehrt werden. Ich will es aber auch deswegen nicht, weil sie ein durchaus fremdes Volk sind und weil ich den germanischen Stamm so sehr als möglich von fremdartigen Bestandteilen rein zu erhalten wünsche ... Ein gütiger und gerechter Herrscher fürchtet das Fremde und Entartete, welches durch unaufhörlichen Zufluß und Beimischung die reinen und herrlichen Keime seines edlen Volkes vergiften und verderben kann. Da nun aus allen Gegenden Europas die bedrängten Juden zu dem Mittelpunkte desselben, zu Deutschland, hinströmen und es mit ihrem Schmutz und ihrer Pest zu überschwemmen drohen, da diese verderbliche Überschwemmung vorzüglich von Osten her, nämlich aus Polen droht, so ergeht das unwiderrufliche Gesetz, daß unter keinem Vorwande und mit keiner Ausnahme fremde Juden je in Deutschland aufgenommen werden dürfen; und wenn sie beweisen könnten, daß sie Millionenschätze mitbringen.“ (Zitiert nach von Westphalen, Geschichte des Antisemitismus in Deutschland, Stuttgart o. J.)

In einer antisemitischen Proklamation aus dem Jahr 1819 heißt es:

„Brüder in Christo!

Auf, auf, sammelt euch, rüstet euch mit Mut und Kraft gegen die Feinde unseres Glaubens, es ist Zeit, das Geschlecht der Christusmörder zu unterdrücken, damit sie nicht Herrscher werden über euch und unsere Nachkommen, denn stolz erhebt schon die Juden-Rotte ihre Häupter und spotten unserer Ehrfurcht, daß wir unsere Knie beugen für den, den sie gewürgt, darum nieder! Nieder mit ihnen, ehe sie unsere Priester kreuzigen, unsere Heiligtümer schänden und unsere Tempel zerstören, noch haben wir Macht über sie und die Gewalt ist in unseren Händen, darum laßt uns jetzt ihr sich selbst gefälltes Urteil an ihnen vollstrecken, laut dem sie geschrieen: Sein Blut komme über uns und unsere Kinder! Auf, wer getauft ist, es gilt der heiligsten Sache, fürchtet nichts und zögert keine Stunde, den Streit für den Glauben zu wagen. Diese Juden, die hier unter uns leben, die sich wie verzehrende Heuschrecken unter uns verbreiten, und die das ganze preußische Christentum dem Umsturz drohen, das sind Kinder derer, die da schrieen: kreuzige, kreuzige. Nun auf zur Rache! unser Kampfgeschrei sei: Hepp! Hepp! Hepp! Aller Juden Tod und Verderben, Ihr müßt fliehen oder sterben.“ (Zitiert nach von Westphalen, Geschichte des Antisemitismus in Deutschland, Stuttgart o. J.)

Aus dem Kreis der Alldeutschen, einer Vereinigung, die in Deutschland die Krone der Menschheit sah, stammt eine Schrift von Hermann Ahlwardt, Judenflinten, die im Jahr 1892 erschien. In ihr finden sich die folgenden Sätze:

„Lebten wir noch zu Zeiten Friedrich Wilhelms I. oder Friedrichs des Großen, so würde bald geholfen werden. Auch unser Kaiser würde helfen, wenn er sehen könnte, wie es zugeht in seinem Reich. Aber um die Throne hat man heute überall eine dichte Judenwolke gelagert, so daß die Fürsten das Elend ihres Volkes nicht sehen, sein Schreien nicht hören. So können Fürst und Volk, durch offene und heimliche Juden voneinander getrennt, sich nicht mehr verstehen, sich nicht beispringen in den Stunden der Gefahr. Vereint: unbesieglich, getrennt: machtlos, verfallen sie beide dem Judentum, ohne daß sie was voneinander wissen. Vor einiger Zeit

soll ein Pastor sonntags im Gebet Gott angefleht haben, er möge einen mutigen Mann erwecken, der dem Kaiser einmal in Liebe und Ehrfurcht die Wahrheit über unsere Zustände eröffnen solle Das war ein gutes Gebet, das wir mit dem braven Pastor von Herzen mitbeten wollen. Exoriare aliquis! Das ist ein rechtes Gebet in dem furchtbaren Ernst der Zeit. Es ersteht ein Mann, der es wagt, sich durch die Judenwolke hindurchzuhauen bis zu dem Monarchen, um ihm mit dem Gelübde der Liebe und Treue auch das Hilfeflehen seines judengeknechteten Volks zu überbringen, um ihm zu sagen, daß dies Volk auch jetzt noch das Heil von seinem Kaiser erwartet, um ihm zu sagen, daß in den Fängen des jüdischen Lindwurms ein Demant liege, wertvoller als alle Schätze der Welt, das blutende Herz seines Volkes; um ihn zu fragen, ob er nicht als ein neuer Siegfried mit dem glorreichen Schwerte seiner Ahnen den Lindwurm bekriegen und sich den Demant erringen will? Millionen und aber Millionen würden ihm begeistert zujauchzen, befreite und glückliche Völker würden ihn dankbar preisen und bis in die spätesten Geschlechter feiern als einen der größten Herrscher, die jemals auf Erden gewandelt! Exoriare aliquis! Gott erwecke uns einen Mann! Das sollte jeden Sonntag in jeder Kirche gebetet werden, das sollte der Bauer auf dem Felde, der Handwerker in seiner Werkstatt, der Kaufmann hinter seinem Ladentisch beten, wenn sie für den Juden arbeiten müssen. Das sollte der Arbeiter beten, wenn er hungernd im Sold des Juden den Hammer schwingt oder zu den Reden des Juden Singer Bravo schreien muß. Der Beamte sollte es beten, wenn er sieht, wie von jüdischen „Kollegen" der altberühmte Ruf des preußischen Richterstandes geschändet wird, jeder Deutsche, wenn ihm der Jude alles Ehrwürdige beschimpft, jeder Christ, wenn arme rechtlose Christenmenschen durch jüdische Anwaltskniffe und jüdische Meineide ihre letzte Habe verlieren, und vor allem sollte es der Soldat beten, wenn er mit einem Löweschen Gewehr Feuer geben muß!" (Zitiert nach Harry Pross, Die Zerstörung der deutschen Politik, Frankfurt/M. 1960, 2. Auflage).
Zu welchen Orgien der Haß sich schon vor 1933 steigern konnte, beweist das folgende Flugblatt, das aus dem Jahr 1921 überliefert ist:
„Flugblatt 14 des Berliner „Ausschuß für Volksaufklärung":
Weckruf! Deutsche Mütter! Deutsche Väter! Deutsche Schwestern! Deutsche Brüder! Über 200 Kinder allein in Groß-Berlin vermißt ... Man vermutet, daß das Fleisch dieser unglücklichen Kinder in der Ziegenwurst verarbeitet ist! ... Ist nicht schon der

bloße Gedanke grauenerregend, daß wir uns ... wieder mitten im Zeichen des Kannibalismus befinden sollen!? ... Seht ihr denn nicht, daß euren lieben Kindern das gleiche Los droht!? ... Wir wissen ja alle, daß bestimmte Sekten zur Auffrischung ihres minderwertigen (!) Blutes aus rituellen Gründen ihren Opfern unter den grausamsten Qualen das Blut abzapfen! Ist es nicht sonderbar, daß so viele Kinder zur Zeit der Ostern (!) verschwinden, zur Zeit, da gerade die alten Opfer (wessen?) gefeiert wurden? Volksgenossen! Soll bei uns wieder der Molochdienst einreißen, der im Morgenlande täglich Hunderte von zarten Menschenkindern seit Jahrtausenden verschlang? Vernichtet und tötet alle, die sich gegen die göttliche Ordnung erheben! Es ist höchste Zeit! Fort mit den Verbrechern! ... „Deutschland uns Deutschen!" ist die Parole. Unsrer reinen Rasse allein, ihr das von Gott bestimmte Land! Und hier sollen Kanibalismus und Molochdienst grassieren? Was meldet das Berliner Tageblatt vom 23. April 1919 aus Rodach in Thüringen? Hier lest es nochmals:

> „Der Schleichhändler Lichtenburg aus Alsleben wurde verhaftet, weil er dreizehn Pfund Fleisch eines abgeschlachteten elfjährigen Mädchens als Hammelfleisch verkauft hatte!"

Volksgenossen! ... Das Fleisch der rituell geschlachteten Kinder Eures eigenen Volkes sollt ihr nun gar schon selbst verzehren! Auf! Volksgenossen! Auf zur Tat! Wehrt Euch! ... (Zitiert nach Harry Pross, Die Zerstörung der deutschen Politik, Frankfurt/M. 1960, 2. Aufl.)

Rathenau, dem Deutschland im ersten Weltkrieg und nachher so viel zu verdanken hat, schreibt am 12. 12. 1917 an Frau General von Hindenburg:

„Meine liebe und sehr verehrte gnädige Frau!

Für die Mitteilung Ihres Tagebuchblattes bin ich Ihnen aufrichtig dankbar. Ihr Gedanke ist richtig und wird, wie ich hoffe, durchführbar sein. Freilich muß ich bitten, dabei nicht auf mich zu rechnen. Meine wirtschaftliche Tätigkeit befriedigt mich, meine literarische ist mir Lebensbedürfnis, und dazu eine dritte, die politische, zu gesellen, würde nicht nur meine Kräfte, sondern auch meine Neigungen übersteigen. Hätte ich aber die Neigung, auf politisches Gebiet mich zu begeben, so wissen Sie, verehrte gnädige Frau, daß alle äußeren Umstände dies verhindern würden. Wenn auch ich und meine Vorfahren nach besten Kräften unserem Lande gedient haben, so bin ich, wie Ihnen bekannt sein dürfte, als Jude Bürger zweiter Klasse. Ich könnte nicht politischer Beamter werden, nicht einmal in Friedenszeiten Leutnant. Durch

einen Glaubenswechsel hätte ich mich der Benachteiligung entziehen können, doch hätte ich hierdurch nach meiner Überzeugung dem von den herrschenden Klassen begangenen Rechtsbruch Vorschub geleistet. Betrüben Sie sich nicht über diese Mitteilungen, die Ihnen nichts Neues besagen. Auf dem Gebiete, auf dem ich gegenwärtig dem Lande zu dienen bestrebt bin, dem Reiche des Gedankens, gibt es keine konfessionellen Beschränkungen.
In alter Verehrung der Ihre Rathenau."
(Zitiert nach Harry Pross, Die Zerstörung der Deutschen Politik, Frankfurt/M., 1960, 2. Aufl.)
Wie nichtssagend und auswechselbar im Sinn des Modells, das Max Frisch in „Andorra" gibt, der Rassebegriff ist, zeigt die folgende Stelle aus Hermann Glasers Buch, Das Dritte Reich, (Freiburg 1961):
„Dr. Johann von Leers unterteilt sein Buch „Juden sehen Dich an" (1933, dem Buchtitel von Eipper „Tiere sehen Dich an" nachgebildet), in folgende Kapitel: Blutjuden, Lügenjuden, Betrugsjuden, Zersetzungsjuden, Kunstjuden, Geldjuden; selbst rassische Zugehörigkeit spielt hier keine Rolle mehr. Wer mit der NS-Weltanschauung nicht übereinzustimmen scheint, wird in eine dieser Rubriken eingeordnet; Dr. Adenauer erscheint als ‚Zersetzungsjude'."
Hitler schreibt in „Mein Kampf":
„Es war für mich die Zeit der größten Umwälzung gekommen, die ich im Inneren jemals durchzumachen hatte. Ich war vom schwächlichen Weltbürger zum fanatischen Antisemiten geworden. Nur noch einmal — es war das letztemal — kamen mir in tiefster Beklommenheit ängstlich drückende Gedanken. Als ich durch lange Perioden menschlicher Geschichte das Wirken des jüdischen Volkes forschend betrachtete, stieg mir plötzlich die bange Frage auf, ob nicht doch vielleicht das unerforschliche Schicksal aus Gründen, die uns armseligen Menschen unbekannt, den Endsieg dieses kleinen Volkes in ewig unabänderlichem Beschlusse wünsche?
Sollte diesem Volk, das ewig nur dieser Erde lebt, die Erde als Belohnung zugesprochen sein?
Haben wir ein objektives Recht zum Kampf für unsere Selbsterhaltung, oder ist auch dies nur subjektiv in uns begründet?
Indem ich mich in die Lehre des Marxismus vertiefte und so das Wirken des jüdischen Volkes in ruhiger Klarheit einer Betrachtung unterzog, gab mir das Schicksal selber eine Antwort...
Siegt der Jude mit Hilfe seines marxistischen Glaubensbekennt-

nisses über die Völker dieser Welt, dann wird seine Krone der Totentanz der Menschheit sein, dann wird dieser Planet wieder wie einst vor Jahrmillionen menschenleer durch den Äther ziehen. Die ewige Natur rächt unerbittlich die Übertretung ihrer Gebote. So glaube ich heute im Sinne des allmächtigen Schöpfers zu handeln: Indem ich mich des Juden erwehre, kämpfe ich für das Werk des Herrn."

Den Nürnberger Gesetzen von 1935 wurde folgende Einleitung vorausgeschickt:

„Der Nationalsozialismus bekennt sich daher zu folgenden unabdingbaren Grundsätzen: Die Erbmasse des Menschen ist sein unabänderliches Gut. Sie ist die Gesamtheit der in einem Menschen vorhandenen Erbanlagen. Sie wird weder durch Zeit noch durch Ort noch durch Lebensart noch durch sonstige äußere Einflüsse umgestaltet. Die Anlagen des Menschen werden von den Vorfahren ererbt. Die Kreuzung gesunder und krankhafter oder rassisch wertvoller und artfremder Menschen in fortlaufender Geschlechterfolge führt zu einer immer wieder sich erneuernden Kombination von guten und schlechten Erbanlagen im Nachwuchs und damit auch zum Durchschlagen der schlechten Erbanlagen bei mindestens einem Teil des Nachwuchses, was zu einer Verewigung des Krankhaften und Artfremden führen muß. Auch wo das Erscheinungsbild die schlechten Erbanlagen nicht zum Ausdruck bringt, sind diese Anlagen in dem Menschen, wenn auch verdeckt, vorhanden und bewirken vielfach eine seelische und geistige Aufspaltung und mangelnde innere Ausgeglichenheit. Dieses bevölkerungspolitisch verhängnisvolle Ergebnis wird vermieden, wenn die Verbindung gesunder und rassisch wertvoller Menschen mit krankhaften und artfremden Menschen verhindert wird. Die Zuführung artfremden Blutes zu dem eigenen führt daher zu dem Volkskörper schädlichen Veränderungen; denn die Homogenität, das instinktsichere Wollen eines Körpers wird dadurch geschwächt; an seine Stelle tritt eine unsichere, schwankende Haltung in allen entscheidenden Lebenslagen, eine Überschätzung des Intellekts und eine seelische Aufspaltung." (Zitiert nach W. Stuckart/H. Globke, Kommentare zur deutschen Rassengesetzgebung, München 1936)

Die letzte Folge des Hasses sind die Konzentrationslager. Ein Bericht aus Auschwitz II, Birkenau, läßt ihre Furchtbarkeit nur soweit anklingen, wie es Worte, die die Wirklichkeit immer filtern, vermögen:

„... Nach und nach bevölkerte sich das Lager. Aus dem ganzen

besetzten Europa, aus Norwegen, Holland, Belgien, Frankreich, Italien, Jugoslawien, Griechenland, der Tschechoslowakei, Rumänien, Polen, Ungarn und Rußland kamen die Transporte an. Die meisten dieser Deportierten betraten das Lager nicht einmal, sondern endeten sofort in den Gaskammern. Um diese zu entlasten, leitete man sogar Transporte nach anderen Lagern wie Oranienburg, Mauthausen, Flossenbürg, Ravensbrück, Bergen-Belsen und besonders ausgewählte Opfer nach Natzweiler. Damals glaubten wir noch, daß Natzweiler ein Arbeitslager sei, später jedoch mußten wir erfahren, daß die Unglücklichen, die von Birkenau nach Natzweiler geschickt wurden, als Versuchskaninchen dienten und im Anatomischen Institut von Straßburg zu Anatomiezwecken verwandt wurden.
Wie lange durfte man mit einem Aufschub des Todes rechnen? In Birkenau bestand dieser Aufschub für einen im Arbeitskommando arbeitenden Häftling in zwei bis drei Monaten. Bei Ablauf dieser Frist sah er wie ein Skelett aus. Vollständiger Schwund des Fettgewebes und teilweise auch des Muskelgewebes machte den Deportierten zum „Muselmann". Das war der Lagerausdruck für die Erschöpften. Hunger, Kälte, Feuchtigkeit, Verletzungen und Krankheit peinigten den Muselmann grausam und entkräfteten ihn vollends. Indem er soviel als möglich sitzen blieb und die dünne Decke über seinen gebeugten Kopf zerrte, versuchte er, seine Kräfte zusammenzuraffen. In diesem Aufzug glich er einem Muselmann im Gebet. Der Faustschlag eines SS-Mannes, ein Hieb mit dem Knüppel des Aufsehers genügten, um ihn so zu erledigen, daß er bei der nächsten ‚Selektion' unweigerlich geschnappt wurde.
Tag und Nacht brannten die sechs Krematorien. Die Öfen genügten jedoch dem Ansturm im Sommer 1944 nicht mehr, und so wurden die Leichen mitten im Birkenwald in einer großen Grube verbrannt. Das ganze Zigeunerlager — 4000 Männer, Frauen und Kinder — wurde in einer einzigen Augustnacht in die Gaskammer geschickt. Die Methode wurde vervollkommnet. Ein schmaler Schienenstrang lief bis auf 50 m an die Gaskammern heran, und auf diesem konnte nun der ganze Transport, der in Drancy oder Budapest eingeladen war, direkt an der Hinrichtungsstätte ausgeladen werden. Die Verschleppten hatten an einer SS-Kommission vorüberzudefilieren, dann ließen die SS-Leute die zum Tode Verdammten ein paar Schritte vortreten, und schon waren sie dort angelangt, wo man sie vergaste. Dank diesem System kamen die Körper ohne Zeitverlust in die Öfen. Im Juni 1944

erreichte man die Rekordzahl von 22000 Einäscherungen pro Tag. Das Sonderkommando rebellierte im Sommer 1944, weil die Häftlinge aus gewissen Anzeichen schlossen, daß nun auch sie geopfert werden sollten. Sie weigerten sich, ihren Block zu verlassen und steckten sogar einen Teil der Gaskammern in Brand. Aber aus allen Himmelsrichtungen tauchten die Maschinengewehre und Maschinenpistolen der SS auf und unterdrückten diesen Aufstand im Handumdrehen. Die beiden Ärzte des Sonderkommandos versuchten sich umzubringen, indem sie eine Überdosis von Gardenal nahmen. Einer starb, während der andere — Dr. B. — durch unsere Pflege gerettet werden konnte. Zu meiner Freude hörte ich, daß er im Lüneburger Prozeß als Zeuge aussagte.

Daß es trotz der im Lager herrschenden Terrorstimmung und der dauernd drohenden Gefahr einer ‚Selektion' in Birkenau nicht mehr Selbstmorde gegeben hat, ist sonderbar. Manchmal verließ nachts ein Kranker seine Baracke und — wenn ihn nicht vorher eine Maschinengewehrgarbe des nahen Wachtturms niederstreckte — berührte den elektrisch geladenen Draht. Andere Häftlinge schluckten große Mengen eines Betäubungsmittels. Aber einige von ihnen konnten von uns trotz des Verbots der Deutschen gerettet werden.

Beim Heranrücken der russischen Armee zerstörte die SS Gaskammern und Krematorien. Es war im Herbst 1944, doch das letzte der sechs Krematorien wurde erst im Januar 1945 — am Vorabend unserer Evakuierung — vernichtet." (Zitiert nach einem Bericht von Robert Levy in Wolfgang Scheffler, Judenverfolgung im Dritten Reich, Berlin 1960).

Zitate

1. Weißelt ihr Jungfraun, weißelt das Haus euerer Väter, auf daß wir ein weißes Andorra haben, ihr Jungfraun, ein schneeweißes Andorra!
2. Nämlich seine Kirche ist nicht so weiß, wie sie tut, das hat sich herausgestellt, nämlich seine Kirche ist auch nur aus Erde gemacht, und die Erde ist rot, und ein Platzregen kommt, das saut euch jedesmal die Tünche herab, als hätte man eine Sau drauf geschlachtet, eure schneeweiße Tünche von eurer schneeweißen Kirche.
3. Man soll sich nicht ärgern über die eignen Landsleute, das geht auf die Nieren und ändert die Landsleute gar nicht.

4. Irgendwo müssen die Steuern ja hin.
5. Man möchte seinen Namen in die Luft werfen wie eine Mütze, und dabei stehe ich nur da und rolle meine Schürze. So ist das Glück.
6. Ich bin nicht schuld, daß es so gekommen ist.
7. Ich lache, aber es ist nicht zum Lachen, wenn man den Menschen immerfort dankbar sein muß, daß man lebt.
8. Das gibt's, Menschen, die verflucht sind, und man kann machen mit ihnen, was man will, ihr Blick genügt, plötzlich bist du so, wie sie sagen. Das ist das Böse. Alle haben es in sich, keiner will es haben, und wo soll das hin? In die Luft? Es ist in der Luft, aber das bleibt's nicht lang, es muß in einen Menschen hinein, damit sie's eines Tages packen und töten können...
9. Ich weiß nicht, die Welt hat einen Hang, immer grad die mieseste Wendung zu nehmen...
10. Einmal werd ich die Wahrheit sagen — das meint man, aber die Lüge ist ein Egel, sie hat die Wahrheit ausgesaugt. Das wächst, ich werd's nimmer los.
11. Order ist Order. Wo kämen wir hin, wenn die Befehle nicht ausgeführt werden! Ich war Soldat.
12. Du sollst dir kein Bildnis machen von Gott, deinem Herrn, und nicht von den Menschen, die seine Geschöpfe sind.
13. Als ich in deinem Alter war — das geht sehr schnell, Andri, du bist jetzt zwanzig und kannst es nicht glauben: man trifft sich, man liebt, man trennt sich, das Leben ist vorne, und wenn man in den Spiegel schaut, plötzlich ist es hinten, man kommt sich nicht viel anders vor, aber plötzlich sind es andere, die jetzt zwanzig sind...
14. Kein Mensch, wenn er die Welt sieht, die sie ihm hinterlassen, versteht seine Eltern.
15. Wie viele Wahrheiten habt ihr?
16. Gnade ist ein ewiges Gerücht.
17. Wenn es dann soweit ist, merkt jeder, was er alles nie geglaubt hat.
18. Wohlstand ist alles.

DISPOSITIONEN UND AUFSÄTZE

Beispiele für sachgemäße Gliederungen (Dispositionen) und die Behandlung von Themen (Aufsätze)

1. Welche Rolle spielt das Vorurteil in „Andorra“ von Max Frisch?

A. Einleitung: Das Vorurteil ist das „Bild“, das sich die andern Menschen von dem einzelnen machen. Es ist umso starrer, je weniger sie diesen einzelnen lieben.

B. Hauptteil:

1. In „Andorra“ haben die Bewohner des Staates Andri gegenüber das Vorurteil, er sei ein Jude, obschon „er keiner ist“. Sie sehen in ihm alle typischen Eigenschaften „des Juden“.
2. Andri nimmt allmählich bewußt die Rolle an, die ihm aufgebürdet wird. Er macht die Lüge der andern zu seiner Wahrheit.
3. Das Vorurteil ist so mächtig geworden, daß es Andri ganz vernichtet. Andri ist zum Opfer dieses Vorurteils geworden.
4. Dadurch daß der Unschuldige geopfert wird, ist über das Vorurteil ein Urteil gesprochen. Es ist die „böse Tat“, die „Böses gebärt”.

C. Schluß: Das Stück „Andorra“ hat bestürzende Bezüge zur deutschen Geschichte der dreißiger Jahre, aber auch zu den Bedrängnissen der Neger und anderer Minderheiten der Gegenwart. Es ist möglich, daß Max Frisch sein Stück in der Hoffnung geschrieben hat, sein Publikum aufzurütteln und ihm dadurch zu einer Besinnung zu verhelfen.

2. Kann man das Stück „Andorra“ von Max Frisch als eine Tragödie bezeichnen?

A. Einleitung: Die klassische Poetik kennt seit Aristoteles die Unterscheidung zwischen Tragödie und Komödie. Erst später kamen das Drama und das Schauspiel hinzu. Die moderne Poetik hat den Begriff des „Stückes“, der seine grundlegende theoretische Deutung bei Bert Brecht gefunden hat.

B. Hauptteil:

1. Das Stück „Andorra“ läßt in seiner Form eine deutliche Anlehnung an Bert Brecht erkennen. Die Ereignisse werden in Bildern aneinandergereiht. Tragische Entscheidungen fehlen.

In fast epischer Form wird berichtet, wie ein Mensch langsam zu Tode gemartert wird.

2. Leise Anklänge an die klassische Tragödie lassen sich dennoch finden, und zwar als Andri sich zu der Lüge der andern, die ihn vernichtet, bekennt. Hier entscheidet er sich in einem durchaus tragischen Sinn.
3. Schließlich geschieht in dem Stück Gerechtigkeit, indem der Zuschauer zu Gericht sitzt über die Bürger von Andorra und damit über sich selbst. Das sind die klassischen Züge dieses modernen Stückes.

C. Schluß: Max Frisch hat sein Stück bewußt als „Modell“ entworfen. An die Stelle Andris könnte auch ein Neger, ein Moslem oder ein Chinese treten, kurz ein Angehöriger einer geächteten Minderheit inmitten einer heuchlerischen, bigotten Mehrheit.

3. „Die Lüge ist ein Egel, sie hat die Wahrheit ausgesaugt." — Was bedeutet dieses Wort in „Andorra"?

Max Frisch hat sein Stück „Andorra“ als Modell der Wirklichkeit geschrieben. Daher die große Nähe dieses Stückes zur Wirklichkeit, die aber zugleich einen Abstand enthält. Das Stück ist so zum Gleichnis geworden, zum Gleichnis für das Vorurteil, mit dem eine Mehrheit eine Minderheit verfolgt, bis diese Minderheit zerbricht.

Es ist interessant, auf welche Weise sich das Vorurteil bildet. Es entsteht in „Andorra“ zunächst aus einer Lüge: aus einer kleinen, häßlichen Lüge. Der Lehrer hat ein uneheliches Kind, das er mit „einer von drüben“ bekommen hat, als Juden ausgegeben, weil er Angst vor der Wahrheit hat. Es ist bequemer und einfacher, als Held von den andern bewundert zu werden, und zwar in einer Zeit, in der es als mutig galt, sich der im Ausland bedrängten Juden anzunehmen. In Wirklichkeit war der Lehrer aber nicht mutig, sondern ängstlich und feige. Der Lügner ist immer feige. Sein Mut war im Grunde nur vorgespielt.

Die Lüge jedoch ließ sich nicht mehr aus der Welt schaffen; denn sie wurde von den andern, den Bürgern des Kleinstaates, begierig aufgegriffen. Andri ist für sie „der Jud“, an dem sie alle schlechten Eigenschaften entdecken, „die die Juden eben so haben“. Das hat zur Folge, daß sich Andri wandelt. Für ihn wird die Lüge zur Wahrheit, aber nur für ihn. Er stellt sich bewußt in die Reihen der Verfolgten, Geschlagenen, Eingekerkerten und zu

Tode Gemarterten. Für die andern bleibt die Lüge jedoch bestehen, ja, sie wächst von Tag zu Tag, mit jedem weiteren Schlag, den sie Andri versetzen, und schließlich hat sie, nach einem Wort des Lehrers, das Gute, die Wahrheit, ausgesaugt. Sie läßt sich nicht mehr besiegen und fordert ihr Opfer.

Ihre Kraft hat die Lüge daher bekommen, daß sie sich mit dem Vorurteil verschmolzen hat. Sie ist „das Böse. Alle haben es in sich, keiner will es haben". Schließlich ist dieses Böse so übermächtig, daß es Andris Dasein zerstört. Es beherrscht die Andorraner, ohne daß sie es merken. Es ist eine moderne Variation der „bösen Tat", die „fortwährend Böses muß gebären". Der Unterschied zu Schiller besteht lediglich darin, daß es sich bei Max Frisch nicht um einen einzelnen Bösen handelt, der ein oder mehrere Verbrechen begeht, sondern um das kollektive Böse, um ein böses Sein, das einem ganzen Volk eigen ist. Dieses Volk hat die Wahrheit verloren. Es kann sie auch später nicht mehr wiederfinden, als es vor die Zeugenschranke treten soll.

Man merkt, daß Max Frisch mit seinem Modell Bezug auf die Ereignisse der Gegenwart, aber auch der Vergangenheit nimmt. Die Geschichte bietet viele Beispiele dafür, daß ein Volk dem Bösen verfallen ist. Ein Dichter, der sich, wie Max Frisch, für Menschlichkeit und Güte engagiert hat, betrachtet es als seine Aufgabe, seine Zuhörer vor dem kollektiven, dem politischen Bösen zu warnen.

4. Welche Wahrheit wird uns in dem Stück „Andorra" gesagt?

Viel stärker, als man auf den ersten Blick glauben will, geht es in dem Stück „Andorra" von Max Frisch um die Frage der Wahrheit. Als der Lehrer glaubt, Andri die Wahrheit, für die es jedoch zu spät geworden ist, zu sagen, stellt Andri die bitter und ironisch gemeinte Frage: „Wieviele Wahrheiten habt ihr?"

Ja, wieviele Wahrheiten gibt es in diesem Stück? Da ist zunächst die vordergründige Wahrheit, die der Lehrer meint, wenn er seinem Sohn klarmachen will, daß dieser kein Jude ist. Aber diese Wahrheit ist durch die Lüge überwunden und zerschlagen. Das Volk von Andorra will die Wahrheit nicht. Es will seine Lüge, die es braucht um seiner nationalistischen Vorurteile willen. Es macht aus dieser Lüge seine neue Lüge, die Lüge von seinem Herrenmenschentum.

Andri nimmt diese Lüge auf und macht sie zu seiner inneren Wahrheit. Hier erfolgt der gewissermaßen dialektische Umschlag

des Stückes. „Jetzt ist es an Euch ..., Euren Juden anzunehmen." sagt er. Damit steht er, mitten in diesem verlogenen Andorra, auf der Seite einer inneren Wahrheit. Es ist die Wahrheit der Verfolgten und Geschlagenen, derer, die unschuldig leiden. Sie gehen an dem Bild, das sich die andern gemacht haben, zugrunde, aber sie selbst haben kein Bild, und das macht sie ihren Peinigern überlegen. Unser Herz, das die Wahrheit sucht, wendet sich ihnen zu. Ihre Wahrheit, und damit die Wahrheit des ganzen Stückes, ist das Humane, das Gute schlechthin.
Diese Wahrheit wird jedoch in „Andorra" zum Richter. Wenn die Bürger dieses Staates einer nach dem andern vor die Zeugenschranke treten und, statt Zeugnis zu geben, anfangen, sich mit läppischen Worten zu entschuldigen, ohne daß es ihnen gelingt, dann ist es eigentlich nicht das Publikum, vor dem sie stehen, sondern die innere Wahrheit. Sie wollen sich vor ihr verantworten, ohne es zu können. Die Wahrheit wird damit zum Gericht, das die Verlogenen verwirft und verurteilt. Sie wird umso glaubwürdiger, als Andri sein Leben für sie dahingibt.
Von daher gesehen steht das Stück „Andorra" — bei aller Modernität seiner Form und seiner Sprache — in der Nachfolge der deutschen Klassik.

Zu „Biedermann und die Brandstifter"

ENTSTEHUNG UND AUFNAHME DES STÜCKES

Das Züricher Schauspielhaus ermunterte Max Frisch „mit herzlicher Hartnäckigkeit zum Stückeschreiben", was schließlich zur Folge hatte, daß Max Frisch 1959 den „Biedermann" veröffentlichen konnte. Seine Uraufführung erlebte das Stück ein Jahr vorher im Schauspielhaus. Frisch konnte einen großen Erfolg für sich verbuchen.

Er schrieb das Stück jedoch keineswegs von heute auf morgen. Es hat vielmehr eine lange Vorgeschichte. Ohne Zweifel orientierte sich sein Dichter an Bert Brecht, indem er sein Stück „ein Lehrstück" nannte. Doch gleich fügte er hinzu „ohne Lehre", womit er sich sofort wieder distanzierte. Anregungen sind auch von Hofmannsthals „Jedermann" ausgegangen, worauf eine Szene des Stückes selbst verweist. Ebenso ist der Einfluß von Max Mells „Apostelspiel" nicht zu übersehen und muß bei der Deutung bedacht werden, freilich unter Berücksichtigung des Umstandes, daß das Eigentliche durch Frisch in sein Gegenteil verkehrt wird. Tiefer ist der Anlaß, von dem das „Tagebuch 1946—1949" Auskunft gibt, nämlich die Umwandlung der Tschechoslowakischen Republik zu einer Volksdemokratie im Februar 1948. Hier sah Frisch, wie die Brandstifter es sich zuerst im Dachboden bequem machten, um dann das ganze Haus anzuzünden. Aus diesem Modellfall schuf er sein Stück, und dieses wiederum ist ein Grundmodell für viele Diktaturen, rote, braune und andere, womit freilich nicht alles über das Stück, sondern erst etwas über seinen Hintergrund gesagt ist.

Die Vorform des Bühnenstückes ist ein Hörspiel, das 1953 unter dem Titel „Herr Biedermann und die Brandstifter" vom Bayerischen Rundfunk gesendet wurde. Der Erfolg dieser Sendung war, wie zahlreiche Leserbriefe bezeugen, groß. Das war jedoch erst die vorletzte Form. Ihre Vorfassung findet sich — wie bei „Andorra" — in Max Frischs „Tagebuch", diesem großen Steinbruch an Gedanken und Erinnerungen, und wurde 1948, noch unter dem Eindruck des Krieges, niedergeschrieben. Diese Fassung des Stoffes trägt den Titel „Burleske" und wendet sich unmittelbar an den Leser:

„Eines Morgens kommt ein Mann, ein Unbekannter, und du kannst nicht umhin, du gibst ihm eine Suppe und ein Brot dazu.

Denn das Unrecht, das er seiner Erzählung nach erfahren hat, ist unleugbar, und du möchtest nicht, daß es an dir gerächt werde. Und daß es eines Tages gerächt wird, daran gebe es keinen Zweifel, sagt der Mann. Jedenfalls kannst du ihn nicht wegschicken, du gibst ihm Suppe und Brot dazu, wie gesagt, und sogar mehr als das: du gibst ihm recht. Zuerst nur durch dein Schweigen, später mit Nicken, schließlich mit Worten. Du bist einverstanden mit ihm, denn wärest du es nicht, müßtest du sozusagen zugeben, daß du selber Unrecht tust, und dann würdest du ihn vielleicht fürchten. Du willst dich aber nicht fürchten. Du willst auch nicht dein Unrecht ändern, denn das hätte zu viele Folgen. Du willst Ruhe und Frieden, und damit basta! Du willst das Gefühl, ein guter und anständiger Mensch zu sein, und also kommst du nicht umhin, ihm auch ein Bett anzubieten, da er das seine, wie du eben vernommen, durch Unrecht verloren hat. Er will aber kein Bett, sagt er, kein Zimmer, nur ein Dach über dem Kopf; er würde sich, sagt er, auch mit deinem Estrich begnügen. Du lachst. Er liebt die Estriche, sagt er. Ein wenig, noch während du lachst, kommt es dir unheimlich vor, mindestens sonderbar, beunruhigend, man hat in letzter Zeit gar viel von Brandstiftung gelesen; aber du willst Ruhe, wie gesagt, und also bleibt dir nichts anderes übrig, als keinen Verdacht aufkommen zu lassen in deiner Brust. Warum soll er, wenn er will, nicht auf dem Estrich schlafen? Du zeigst ihm den Weg, den Riegel, die Vorrichtung mit der Leiter und auch den Schalter, wo man Licht machen kann.
Allein in deiner schönen Wohnung, eine Zigarette rauchend, denkst du mehrere Male genau das gleiche, und es hilft dir nichts, die Zeitung zu lesen, zwischen den Zeilen liest du immer das gleiche: Man muß Vertrauen haben, man soll nicht immer gleich das Schlimmste annehmen, wenn man einen Menschen nicht kennt, und warum soll der gerade ein Brandstifter sein? Immerhin nimmst du dir vor, ihn morgen wieder auf den Weg zu schicken, freundlich, ohne daß ein Verdacht ihn kränken soll. Du nimmst dir nicht vor, kein Unrecht zu tun; das hätte, wie gesagt, zu viele Folgen. Du nimmst dir nur vor, freundlich zu sein und ihn auf freundliche Weise wegzuschicken. Du schläfst nicht immer in dieser Nacht; es ist schwül, und die Geschichten von wirklichen Brandstiftern, die dir so beharrlich einfallen, sind zu läppisch; ein Schlafpulver gibt dir die verdiente Ruhe . . . Und am andern Morgen, siehe da, steht das Haus noch immer! — Deine Zuversicht, dein Glaube an den Menschen, selbst wenn er im Estrich

wohnt, hat sich bewährt. Es drängt dich nicht wenig, edel zu sein, hilfreich und gut; beispielsweise mit einem Frühstück. Von Angesicht zu Angesicht, so während ihr einen gemeinsamen Kaffee trinkt und jeder sein Ei löffelt, schämst du dich deines Verdachtes, kommst dir schäbig vor, und jedenfalls ist es unmöglich, ihn wegzuschicken. Wozu solltest du! Nach einer Woche, als er noch immer in deinem Estrich wohnt, hast du vollends das Gefühl, jede Angst überwunden zu haben, und auch als er eines Tages einen Freund bringt, der ebenfalls in deinem Estrich schlafen möchte, kannst du zwar zögern, aber nicht widersprechen. Zögern; denn es ist einer, der schon einmal, Gott weiß warum, im Gefängnis gesessen hat und eben erst entlassen worden ist. Ihn allein hättest du nie in deinen Estrich gelassen, das ist selbstverständlich. Er ist auch viel frecher als der erste, das macht vielleicht das Gefängnis, und ganz geheuer ist es dir nicht, zumal er, wie er ganz offen gesteht, wegen Brandstiftung gesessen hat. Aber gerade diese Offenheit, diese unverblümte, gibt dir das Vertrauen, das du gerne haben möchtest, um Ruhe und Frieden zu haben; am Abend, da du trotz ehrlichem Gähnen nicht schlafen kannst, liest du wieder einmal das Apostelspiel von Max Mell, jene Legende, die uns die Kraft des rechten Glaubens zeigt, ein Stück schöner Poesie; mit einer Befriedigung, die das Schlafpulver fast überflüssig macht, schläfst du ein ... Und am andern Morgen, siehe da, steht das Haus noch immer! — Deine Bekannten greifen sich an den Kopf, können dich nicht verstehen, fragen jedesmal, was die beiden Gesellen denn in deinem Estrich machen, und liegen dir auf den Nerven, so daß du immer seltener an den Stammtisch gehst; sie wollen dich einfach beunruhigen. Und einwenig, unter uns gesagt, ist es ihnen auch gelungen; jedenfalls hast du den beiden Gesellen etwas aufgelauert und nicht ohne Erfolg; allein, die Tatsache, daß sie kleine Fäßlein auf deinen Estrich tragen, kann deinen Menschenglauben nicht erschüttern, zumal sie es in aller Offenheit machten und auf deine eher scherzhafte Frage, was sie denn mit diesen Fäßlein wollten, sagten sie ganz natürlich, sie hätten Durst. In der Tat, es ist Sommer, und im Estrich, sagst du dir, muß es sehr heiß sein. Einmal, als du ihnen im Wege gestanden, ist ihnen ein Fäßlein von der Leiter gefallen, und es stank plötzlich nach Benzin. Einen Atemzug lang, gib es zu, warst du erschrocken. Ob das Benzin sei? hast du gefragt. Die beiden, ohne ihre Arbeit einzustellen, leugneten es auch in keiner Weise, und auf deine eher scherzhafte Frage, ob sie Benzin trinken, antworten sie mit einer so unglaublichen Geschichte, daß du, um nicht als Esel dazustehen, wirklich nur lachen konntest. Später jedoch, allein in deiner Wohnung, lauschend auf das Rollen der munteren Fäßlein, die nach Benzin stinken, weißt du allen Ernstes nicht mehr, was du denken sollst. Ob sie deine edle Zuversicht wirklich mißbrauchen? Eine Weile, dein Feuerzeug in der Hand, die feuerlose Zigarette zwischen den trockenen Lippen, bist du entschlossen, die beiden Gesellen hinauszuwerfen. Und zwar noch heute! Oder spätestens morgen. Wenn sie nicht von selber gehen. Ganz einfach ist es nämlich nicht, im Gegenteil; wenn sie keine Brandstifter sind, tust du ihnen sehr unrecht, und das Unrecht macht sie zu bösen Menschen. Böse gegen dich. Das willst du nicht. Das auf keinen Fall. Alles, nur kein schlechtes Gewissen. Und dann ist es immer so schwierig, die Zukunft vorauszusehen; wer keine Tatsachen sehen kann, ohne Schlüsse zu ziehen, und wer sich alles bewußt macht, was er im Grunde weiß, mag sein, daß er manches voraussieht, aber er wird keinen Augenblick der Ruhe haben; ganz zu schweigen von den Ahnungen. Die Tatsache, daß sie Benzin in deinen Estrich tragen, was heißt das schon? Der eine, der Freund, hat nur gelacht und gesagt, sie wollen die ganze Stadt anzünden. Das kann ein Scherz sein oder eine Aufschneiderei. Wenn sie es ernst meinten, würden sie es niemals sagen. Dieser Gedanke, je öfter du ihn wiederholst, überzeugt dich vollkommen; das heißt: er beruhigt dich. Und der andere sagte sogar: Wir warten nur auf den günstigen Wind! Es ist zu läppisch, sich von solchen Reden einschüchtern zu lassen; zu unwürdig. Einen Augenblick denkst du an die Polizei. Aber wie du, um dich nicht durch falschen Alarm lächerlich zu machen, dein Ohr an die Zimmerdecke legst, was keine ganz einfache Veranstaltung gekostet hat, ist es vollkommen still. Du hörst sogar, wie einer schnarcht. Und überhaupt kommt die Polizei nicht in Frage; schon weil du selbst strafbar wärest, daß du solche Leute in deinem Hause hast, wochenlang, ohne sie anzumelden. Aber vor allem sind es natürlich die menschlichen Gründe, die dich von solchen Schritten abhalten. Warum sagst du den beiden Gesellen nicht einfach und offen, du möchtest kein Benzin in deinem Estrich haben? Offenheit ist immer das beste. Und dann, plötzlich, mußt du selber lachen, daß dir dieser Einfall jetzt erst kommt; sie werden doch dein Haus nicht anzünden, wenn sie selber im Estrich sind! Immerhin kletterst du, schon im Pyjama, noch einmal auf den Sessel, auf die Kommode und den Schrank. Er schnarcht wirklich. Eine halbe Stunde später ruhest auch du... Und am andern Morgen, siehe da, steht dein

Haus noch immer! — Die Sonne scheint, der Wind hat gedreht, die Wolken ziehen über die Dächer der Stadt, und gesetzt den Fall, es wären wirklich böse Gesellen, gerade dann ist es nicht einfach, sie einfach hinauszuwerfen; nicht ratsam; denn solange du ihr Freund bist, werden sie wenigstens dich verschonen. Freundschaft ist immer das beste! Und wenn du an diesem Morgen hinaufgehst und sie zum Frühstück bitten willst, so ist das nicht Tücke, nicht Berechnung, sondern eines jener herzlichen Bedürfnisse, die man plötzlich hat und die man, wie du mit Recht sagst, nicht immer unterdrücken soll. Die Leiter zum Estrich ist bereits gezogen, die Türe offen, du mußt nicht einmal klopfen. Der Estrich, den du aus Rücksicht schon lange nicht mehr besucht hast, ist voll von den kleinen Fäßlein, und der eine, der Freund, der aus dem Gefängnis, steht eben an der Dachluke, hält den nassen Finger hinaus, um die Windrichtung festzustellen; der andere ist leider schon ausgegangen, komme aber wieder. Mit deinem Frühstück ist es also nichts. Er komme aber bestimmt im Laufe des Tages, sobald er, wie der Freund in seiner immer etwas scherzhaften Art sagt, die erforderliche Holzwolle beisammen habe. Holzwolle? Es fehlte nur noch, daß er von einer Zündschnur redete. Einen Augenblick bist du wieder etwas verwirrt, etwas betreten, was du allerdings nicht zeigen willst. Im Grunde, das weißt du, kann kein Mensch so frech sein, wie dieser sich den Anschein gibt, nur weil er meint, du fürchtest ihn. Ein für allemal entschlossen, dich nicht zu fürchten, entschlossen, deine Ruhe und deinen Frieden zu erhalten, tust du, als hättest du nichts gehört, und im übrigen, was das Frühstück betrifft, kann das ja auch ein andermal sein. Deine freundschaftliche Geste ist schon als solche nicht wertlos. Vielleicht zum Abendbrot? Mit Vergnügen, sagt der Kauz, sofern sie Zeit hätten und nicht arbeiten müßten; das hänge vom Wind ab. Er ist wirklich ein Kauz. Und natürlich bist du nun nicht wenig neugierig, ob sie tatsächlich zum Abendessen kommen, ob sie deine Freundschaft überhaupt wollen. Vielleicht hättest du deine Freundschaft schon früher bekunden sollen. Aber lieber jetzt, sagst du, als zu spät! Mit Recht vermeidest du ein allzu besonderes, ein auffälliges Abendessen; immerhin holst du einen Wein aus dem Keller, um ihn für alle Fälle kühl zu stellen. Leider kann man am Abend, als sie gegen neun Uhr endlich kommen, nicht mehr auf der Terrasse sitzen; es ist zu windig. Ob er Holzwolle gefunden habe? fragst du, um dem Gespräch bald eine persönliche Note zu geben. Holzwolle? sagt er und schaut den Freund an, wie man einen Verräter anschaut. Dann, Gott weiß warum, mußt du selber lachen, und schließlich lachen sie auch. Holzwolle, nein, Holzwolle habe er nicht gefunden, aber etwas anderes, Putzfäden aus einer Garage. Gefunden; daß das nichts anderes heißt, als gestohlen, daran kannst du nicht zweifeln. Überhaupt haben sie sehr eigene Ansichten betreffend Recht und Unrecht. Nach der ersten Flasche, du hast den Wein nicht umsonst gekühlt, erzählst du, daß auch du schon Unrecht begangen hast. Da sie schweigen, erzählst du mehr und mehr, indem du, ihre Freundschaft ist es dir wert, die zweite Flasche entkorkst. Offensichtlich fühlen sie sich wie zu Hause; der Freund, der Frechere, dreht deinen Rundfunk an, um den Wetterbericht zu hören. Dann wünschen sie nur noch eines: Streichhölzer. Nichts wäre verfehlter, als wenn du jetzt wieder zusammenzucktest; auf Verdacht ist keine Freundschaft aufzubauen. Wozu Streichhölzer? Es gelingt dir, jedes beleidigende Zittern zu vermeiden und Zigaretten anzubieten, als ginge dir nichts durch den Kopf, und dann, das ist kein schlechter Einfall, bietest du Feuer mit deinem eignen Feuerzeug, das du nachher wieder in die Tasche steckst. Das Gespräch geht weiter, das heißt, sie hören zu, sehen dich an und trinken Wein. Dein ehrliches Geständnis, wieviel Unrecht du begangen hast, rührt sie nicht mehr, als es die Höflichkeit verlangt; überhaupt wirken sie sehr geistesabwesend. Eine dritte Flasche, die du schon zwischen den Knien hast, lehnen sie ab. Da du sie trotzdem öffnest, wirst du sie allein trinken müssen. Nur beim Abschied, als du gewisse Hoffnungen ausdrückst, daß die Menschen einander näherkommen und einander helfen, bitten sie dich nochmals um Streichhölzer. Ohne Zigaretten. Du sagst dir mit Recht, daß ein Brandstifter, ein wirklicher, besser ausgerüstet wäre, und gibst auch das, ein Heftlein mit gelben Streichhölzern, und am andern Morgen, siehe da, bist du verkohlt und kannst dich nicht einmal über deine Geschichte wundern ..."

Es war ein weiter Weg von dieser Burleske bis zu dem fertigen Stück. Dieser Weg bestand jedoch für den Dichter keineswegs nur aus Schreibtischarbeit. Das Stück bekam seine endgültige Ausformung bei der praktischen Arbeit auf der Bühne. Max Frisch, der selbst das Bühnenbild der Uraufführung geschaffen hat, schreibt dazu im Programmheft eben dieser Aufführung: „Ich habe seit sechs Jahren kein neues Stück geschrieben. Auch der Stückeschreiber, der das Glück hat, aufgeführt zu werden, kommt ja an einen Punkt, wo er nichts mehr lernen kann, nicht vom Schreibtisch aus. Er sieht von Bühne zu Bühne, was die Meister der Bühnenkunst machen aus den Möglichkeiten seiner unerprobten Schreibtischarbeit; er steht an der Hauptprobe, Hände in den Hosentaschen, verblüfft über Treffer und Nieten ... Man sollte fürs Theater nur schreiben, wenn man die Hand hat, das Theater an die Hand zu nehmen ... Die Partitur, die wir dem Theater geben, ist immer zu vage, sie bezeichnet nur, was ausgesprochen wird, ohne Noten, wie es ausgesprochen wird, und das Unausgesprochene überhaupt nicht, daher die bekannte Versuchung, daß man zu redselig wird — auch wo Redseligkeit nicht zur Figur gehört — als könne das Vage zur Wortfülle bezwungen werden! Abenteuerliches vollstreckt sich im Schweigen. Die Worte, die ausgesprochenen, sind wie jene Fähnlein, die man auf Landkarten steckt, um einen Feldzug zu verfolgen. Was ist geschehen, daß das nächste Fähnlein hier und nicht dort steht; was hat sich bewegt, was ist erstarrt? — hier fragen wir das Gesicht des Schauspielers, seinen Gestus ... Auch das Ausgesparte muß gedichtet sein. Ganze Seiten reicher Prosa, die nicht geschrieben werden dürfen, auch nicht einmal als Leitfaden für den Schauspieler, müssen in Erscheinung aufgehen können — ohne Verschleppung des Dialogs, also ohne pantomimische Geschwätzigkeit, sondern durch Erfindung eines Gestus, der das Vage im Augenblick bannt. — Erfahrung mit dem Material — Ein gutes Gefäß aus Zinn kann man zeichnen, ohne je das Metall an der Hand gespürt zu haben, aber dann wird es auch nie eine Erfindung sein, sondern Erinnerung (kennerhaft) an gute Gefäße, die aus Zinn gemacht worden sind, gemacht, nicht gezeichnet. Einfälle kommen aus dem Material. Schon das Bühnenmodell 1 : 20, das ich mir bastelte, nötigte oder verlockte den Stückeschreiber, der mit seinem Stück fertig zu sein meinte, zu allerlei Veränderungen. Es gibt Visionäre, aber wenige; die meisten von uns müssen arbeiten, müssen sich von der Anschauung belehren lassen, reizen lassen. Wir gleichen dem Keramiker, der seine Glasuren nicht aus einer Vision gewinnt, sondern aus der Pröbelei mit Chemikalien und mit Glück. Wer sechs Stücke am Schreibtisch verfaßt und zur Aufführung gegeben hat, kommt sich wie einer vor, der sich als Schmied ausgibt, ohne je einen Hammer in der Hand gehalten zu haben; man legt nur seine Anweisungen auf den Amboß und sieht zu, was der Hammer draus macht, man schreibt vor: Drei Schläge! aber nach einem Schlag ist es vielleicht schon Brei, oder es braucht siebenunddreißig Schläge, um das Erstrebte herzustellen. Das kann man nicht anweisen, das entscheidet sich aus der Hand dessen, der es macht. Man müßte spüren, was das Material hergibt, was es eingibt. Man müßte machen. Man müßte

Hände haben. Man müßte probieren können ... Ich danke dem Züricher Schauspielhaus für die Gelegenheit, ein wenig das besagte Zinn in die Hand zu nehmen, zu versuchen, nicht auf das Ergebnis zu warten und dann an der Hauptprobe zu stehen mit den Händen in den Hosentaschen, sondern auf den Rohbau zu gehen, Hand anzulegen mit aller Schüchternheit, die dem Stückeschreiber ziemt, zum Schreiner gehen, und zum Tapezierer, als wäre Herr Biedermann nun mein Bauherr, zu beraten, wie das Kostüm eines Chors aussehen soll, der zugleich Feuerwehr ist, und bei allen Proben nicht nur zugegen zu sein, sondern den Direktor und die Schauspieler gelegentlich stören zu dürfen, das alles ist herrlich für mich! — und ich danke." (Zitiert nach Eduard Stäuble, Max Frisch, 2. Aufl. 1960, a. a. O., S. 76 ff).

In der Fassung von 1958 ist dem Stück ein satirisch burleskes Nachspiel beigegeben, das in Neuauflagen aus den sechziger Jahren und später nicht mehr erscheint. Es könnte sein, daß negative Kritiken zum Nachspiel Max Frisch angeregt haben, diesen Teil des Stückes zu streichen. Er selbst äußert sich dazu in einem bisher unveröffentlichten Brief vom 15. Juni 1972 an eine Schulklasse des Main-Taunus-Gymnasiums in Hofheim/Taunus, in dem er folgendes schreibt: „Liebe Klasse, ich danke Euch für den freundlichen Brief und bitte Euch um Verständnis dafür, daß ein Schriftsteller nicht alles beantworten kann, was die Leser von ihm wissen möchten, oder was der Deutschlehrer sagt. Es stimmt aber, daß ich das Nachspiel zu Biedermann und die Brandstifter später zurückgezogen habe; ich hielt es für unnötig. Aber ein Schriftsteller kann sich ja auch irren. Macht Euch selber Euer Urteil. Mit freundlichen Grüßen, Max Frisch".

„Macht Euch selber Euer Urteil." Das haben sich viele Leser und Theaterbesucher des „Biedermann" — ob mit oder ohne Nachspiel — gemacht, und es ist durchweg positiv ausgefallen, bis heute. Das beweist der Erfolg des Stückes, das in der Vergangenheit zum Repertoire aller größeren und vieler kleinerer deutschsprachiger Bühnen gehörte und auch heute noch gehört. Auch aus den Lehrplänen der Schulen ist es nicht mehr wegzudenken, als immer wieder neue Anregung, die Jugendliche betroffen und hellhörig zugleich macht.

Gang der Handlung in „Biedermann und die Brandstifter“

Nach einer einführenden Betrachtung des Chores, der aus Feuerwehrleuten besteht, sitzt Herr Biedermann in seiner Wohnstube. Er liest die Zeitung und raucht, während Anna, das Dienstmädchen, eine Flasche Wein bringt.
Herr Biedermann ärgert sich darüber, daß man heutzutage keine Zeitung aufschlagen kann, ohne von Brandstiftung zu lesen. Da meldet ihm Anna einen Hausierer, der ihn sprechen, aber nichts verkaufen möchte. Er will lediglich Menschlichkeit. Herr Biedermann, der übrigens Haarwasserfabrikant von Beruf ist, lehnt es ab, ihn zu sprechen. Er soll ins Geschäft kommen. Doch da steht der Fremde schon in der Stube. Er ist eine athletische Erscheinung und trägt eine Art Trikot, „halb Strafanstalt, halb Zirkus“. Er nennt sich Schmitz und erzählt, daß er Ringer sei, aber seinen Beruf aufgeben mußte. Er überrumpelt den zunächst zornigen Herrn Biedermann, indem er ihm schmeichelt und an seine bürgerliche „Menschlichkeit“ appelliert. Er bringt es schließlich soweit, daß Biedermann ihn bewirtet, zunächst mit Brot und Wein, und ihm ein Nachtlager anbietet, und zwar auf ausdrücklichen Wunsch des seltsamen Gastes auf dem Dachboden. Eine schon oft erzählte sentimentale Geschichte von seiner Kindheit als Sohn eines armen Köhlers dient der Handlung sozusagen als Schmiermittel. Mit einer tüchtigen Portion Unverschämtheit bringt Schmitz Anna dazu, ihm auch noch Wurst und andere gute Dinge zu servieren. Herr Biedermann kann ein gewisses Mißtrauen nicht verbergen, zumal er aus der Zeitung die in den letzten Tagen immer wieder vorgefallenen Brandstiftungen vorliest, die alle nach demselben Schema verlaufen und damit beginnen, daß sich ein mittelloser Herumtreiber von einem Bürger bewirten läßt. Herr Biedermann hat jedoch nicht den Mut, Schmitz vor die Tür zu setzen oder die Polizei anzurufen, obschon dieser keineswegs leugnet, ein Brandstifter zu sein. Das Gespräch wird dadurch unterbrochen, daß Knechtling, ein Mitarbeiter, dem Biedermann gekündigt hat, gemeldet wird. Ihm, der nicht über die Frechheit des Schmitz verfügt, gelingt es nicht, zu Biedermann vorzudringen. Biedermann will nichts mit ihm zu tun haben. Als Biedermanns Frau, Babette, nach Hause kommt, geht er leise mit Schmitz auf den Dachboden. Babette ist herzleidend. Zu ihrer Beruhigung hat ihr Mann ihr versprochen, daß er jeden Abend auf dem Dachboden nachschaut, ob auch kein Brandstifter da ist.

Jetzt kommentiert der Chor den Vorübergang der Nacht und die Unruhe Babettes.
Am nächsten Morgen gibt Biedermann seiner Überzeugung Ausdruck, daß „er kein Brandstifter ist". Er hat aber nichts dagegen, daß ihn Babette nach dem Frühstück aus dem Hause weist. Während des Frühstücks zieht Schmitz wieder alle Register seiner Unverschämtheit und Sentimentalität, so daß ihn Babette nicht fortschickt. Ja, er bringt es sogar fertig, daß noch sein Kumpan, der Willi, auf dem Dachboden aufgenommen wird.
Wieder gibt der Chor seinen Bedenken Ausdruck in einem unheildrohenden Gesang.
In der nächsten Szene stehen Schmitz und Eisenring, der Willi, auf dem Dachboden. Sie rollen Blechfässer, wie sie für Benzin gebraucht werden, hin und her und stapeln sie sorgsam. Eisenring ist in der Art eines Kellners gekleidet. Plötzlich erscheint Biedermann und droht damit, die beiden aus dem Haus zu verweisen oder die Polizei zu rufen. Erstaunt fragt er nach dem Inhalt der Fässer. Die beiden Gauner leugnen nicht, daß es sich um Benzin handelt. Während des Gespräches meldet Anna einen Polizisten, der Biedermann mitteilt, daß sich Knechtling, der das Haarwasser erfunden hat, mit dem Biedermann handelt, unter den Gashahn gelegt hat. Auf die Fragen des Polizisten gibt Biedermann die beiden als seine Angestellten an, und gemeinsam lügen sie dem Polizisten vor, daß in den Fässern Haarwasser sei.
In der nächsten Szene streitet sich der Chor mit Herrn Biedermann und macht ihm heftige Vorwürfe wegen der Ereignisse auf seinem Dachboden. Biedermann versucht sich mit typisch bürgerlichen Argumenten herauszureden. Er sei Herr im Haus, die anderen gehe es nichts an, was auf seinem Boden geschieht, und vor allem, ein Argument, das er wiederholt gebraucht, müsse man an das Gute im Menschen glauben und nicht gleich in jedem einen Brandstifter sehen. Schließlich muß er gehen und eilt davon.
Nun hat Biedermann einen Plan gefaßt: Er will die beiden zu einem guten Abendessen, Gans und Pommard, einladen. Dann sind sie seine Freunde und werden ihm nichts tun. Er bespricht den Plan mit seiner Frau und geht auf den Dachboden. Hier ist Eisenring mit den letzten Vorbereitungen beschäftigt. Er legt die Zündschnur und sucht die Zündkapsel. Schmitz ist unterwegs, um Holzwolle zu organisieren. All diese Dinge betrachtet Biedermann als Scherz, obschon es ihn graust. Bei dieser Gelegenheit fällt aus Eisenrings Mund das denkwürdige Wort: „Aber die beste und sicherste Tarnung (finde ich) ist immer noch die blanke und

nackte Wahrheit. Komischerweise. Die glaubt niemand." Unten in der Stube erscheint inzwischen die Witwe Knechtling. Anna sagt ihr, sie soll sich keine Hoffnung machen, von Herrn Biedermann empfangen zu werden. Oben auf dem Dachboden überbringt er gerade Eisenring seine Einladung für den Abend. Da ihn Anna im Treppenhaus ruft, geht er, und nun erscheint auf dem Dachboden noch ein Dritter, ein Doktor phil. mit einer Brille, der hinter den Fässern versteckt war und aus ideologischen Gründen mitmacht. Aber, wie es scheint, hat er Bedenken; denn er geht runter und will Biedermann eine Erklärung abgeben. Doch dieser ist mit der Vorbereitung des Festes beschäftigt. Der Chor meldet abschließend seine Bereitschaft zu löschen, wo und wann es sein muß.

Biedermann ist in so fieberhafter Hast dabei, alles vorzubereiten, daß er die Witwe Knechtling nicht zu Wort kommen läßt. Sie soll sich an seinen Rechtsanwalt wenden. Mit dieser Bemerkung schickt er sie hinaus. Er treibt Anna an, alles aufs einfachste, „proletarisch" zu gestalten. Tischtuch, Kandelaber, Messerbänklein, alles muß verschwinden. So macht das Zimmer den Eindruck mühsam verdeckter Bürgerlichkeit, als Schmitz und Eisenring erscheinen. Sie stellen fest, daß sie Zündhölzchen vergessen haben. Aber sie werden Biedermann darum bitten.

In der nächsten Szene ist — nach einem kurzen Rechtfertigungsversuch Biedermanns vor dem Publikum — das Fest in vollem Gange. Man witzelt und lacht, und Schmitz und Eisenring geben rundheraus zu verstehen, daß sie Brandstifter sind. Doch Biedermann betrachtet das alles als einen Scherz; er will unter keinen Umständen als Spießer gelten, der sich ins Bockshorn jagen läßt. Aber er ist ständig der Blamierte. Auf Wunsch der beiden Gauner muß er all das heranschaffen lassen, was Anna zuvor fortbringen mußte bzw. was er selbst beiseite gesteckt hat, die Tischdecke, die Messerbänkchen usw. Dann spielt Schmitz, der angeblich am Theater war, mit Hilfe des übergeworfenen Tischtuchs Geist, aber so, daß Biedermann erschrecken muß. Szenen aus Hofmannsthals „Jedermann" klingen an, und am Ende erscheint Schmitz als Knechtlings Geist. Jetzt ertönen Sirenen. Die beiden Brandstifter erklären unumwunden, daß auf ihre Veranlassung Brände in den Außenbezirken entfacht wurden, damit die Feuerwehr, wenn es losgeht, dort festliegt und infolge der Verwirrung nicht in die Innenstadt gelangen kann. Die beiden brechen auf. Biedermann hält in der lärmenden Ausgelassenheit seines Festes immer noch an seiner Freund-Theorie fest und trinkt mit

ihnen Brüderschaft, und als sie gehen, während sich der Horizont bereits rot färbt, gibt ihnen Biedermann als Zeichen seines unbedingten Vertrauens zu ihnen und zur Menschheit schlechthin die erbetenen Streichhölzer.
Kaum sind sie weg, erscheint der Doktor phil. vom Dachboden. Er will sich in einer langatmigen Erklärung distanzieren. Aber dazu ist es zu spät. Biedermanns Haus geht in Flammen auf, und alles versinkt in großem Getöse. Übrig bleibt lediglich der Chor, der zum Donner explodierender Gasometer seinen Kommentar gibt.
Im Nachspiel stehen Babette und Biedermann in einer Art Jenseits, das durch eine vollkommene Leere der Bühne dargestellt ist. Man hört zunächst das Kreischen eines Papageis, das Schreien eines Säuglings und die Hausklingel Biedermanns. Babette und ihr Mann haben Angst. Sie reden sich krampfhaft ein, daß sie sich im Himmel befinden, und erforschen auf simpel bürgerliche Weise ihr Gewissen. Nachdem Anna mit langem, giftgrünem Haar vorübergegangen ist, taucht ein Polizist mit Engelsflügeln auf. Er überhört alle Rechtfertigungsversuche der Biedermanns und bittet nur um Feuer für seine Zigarette. Biedermann erblaßt, aber da schlägt auch schon eine hohe Stichflamme aus dem Boden. Der Polizist ist bedient. Nur erscheint eine Meerkatze, in der Biedermann und Babette den Doktor phil. wiedererkennen. Der Polizist meldet einige Verdammte und nennt ihre Vergehen. Die Meerkatze stempelt ihre Berichte, deren Inhalt der Polizist kurz referiert, mit dem jeweils passenden Gebot. Am Schluß stellt sie resigniert fest, daß dem Teufel wieder nur Durchschnittsware geliefert wird. Keine bekannte Persönlichkeit. Da merken Babette und Biedermann mit Entsetzen, daß sie in der Hölle sind. Sie beginnen aufs neue mit ihren bürgerlichen Rechtfertigungsversuchen und verlangen Wiedergutmachung. Die Meerkatze hört sich alles an, geht mit der Miene eines Büroangestellten und meldet, als sie wiederkommt, daß der Teufel nicht zu sprechen sei. Aber, sich sehr wichtig gebend, flüstert sie Biedermann etwas zu, das diesem offensichtlich Hoffnung gibt. Doch da erscheint auch schon eine phantastische, einem Kirchenfürsten ähnliche Gestalt. Sie erklärt, im Himmel gewesen zu sein, wo alle großen Gauner und Halunken versammelt seien. Als er sich entkleiden läßt, entpuppt er sich als Eisenring. Er läßt Beelzebub den Befehl übermitteln, die Hölle zu löschen. Er ist der Teufel, und Schmitz, der erscheint, um zu erklären, daß die Hölle zum Löschen zu stark geheizt ist, ist Beelzebub. Eisenring läßt die Feuerwehr kommen

und sie die Hölle löschen. Die beiden werfen sich wieder in ihre alte Tracht. Sie begeben sich in die neuerbaute, von Chrom und Glas glitzernde Stadt, wieder, wie beim erstenmal, auf rostigen Fahrrädern, wieder lüstern auf Brand und wieder ohne Streichhölzer, aber an ihr Ziel werden sie gelangen — wie gehabt. Zurück bleiben Biedermann und Babette. Sie glauben sich begnadigt, zumal die Witwe Knechtling abgeht, die als stummer Vorwurf seit der Erscheinung der Figur dastand. Gelernt haben sie nichts. Sie bleiben hoffnungsdumm — ebenfalls wie gehabt.

Charakterbilder der Hauptpersonen

Gottlieb Biedermann ist ein typischer Bürger. Rund und behäbig sitzt er am Anfang des Stückes in seinem Lehnsessel und raucht seine Zigarre. Er hat, wie der Verfasser im Hörspiel sagt, eine Glatze, aber er legt Wert darauf, daß man über sie nicht spricht; denn schließlich ist er Haarwasserfabrikant und auf diese Weise zum Millionär geworden. Daß sein Haarwasser nichts wert ist und die Leute sich ebenso gut ihren eigenen Harn auf die Glatze schmieren könnten, gibt Biedermann ohne weiteres zu. Davon abgesehen hat er wackere und gerade Grundsätze. für die er lauthals in der Kneipe eintritt. Er glaubt an irgendein verschwommenes „Gutes" im Menschen und ist ein Feind jeglichen Mißtrauens. Damit meint er im konservativen Lager zu stehen und kommt sich ungemein mutig vor. Im Grunde aber verbirgt sich hinter seiner Haltung eine große Feigheit. Er will persönlich ein guter Mensch werden, hat aber nicht den Mut, den anderen gegenüber als guter Mensch aufzutreten. So redet er sich — wider besseres Wissen — ein, die beiden Kerle auf seinem Dachboden seien keine Brandstifter, und er könne sie zu seinen Freunden machen. Wie sehr er aber im Grunde vom Gegenteil überzeugt ist, zeigt er, als es darum geht, die beiden ernsthaft rauszuschmeißen. Seine Frau, die Babette, soll es tun. So ist Biedermann bei aller äußeren, d. h. scheinbaren Güte und Entschlossenheit im Grunde verlogen und heuchlerisch. Er ist eine erbärmliche Portion Mensch, der durch seine Unentschlossenheit das Unglück heraufbeschwört. Das Schlimme ist, daß er aus diesem Unglück nichts lernt. Er hat zwar etwas Angst, aber er beansprucht im selben Atemzug Wiedergutmachung und ein Eigenheim, Leistungen der Gemeinschaft, für die einzutreten er nie bereit war.

Babette, seine Frau, paßt in jeder Hinsicht zu ihm. Sie ist sensibel und von der Empfindlichkeit einer Herzkranken. Wie ihr Mann achtet sie in erster Linie auf die Konvention, ist bereit, immer nachzugeben, nur nicht dort, wo sie wirkliches Unrecht hätte verhindern können, nämlich den Knechtlings gegenüber. Sie ist von einer krankhaften Angst besessen, als Spießer gelten zu können, und ist mit ihrem Mangel an Zivilcourage so verspießert wie nur irgend jemand.
Schmitz und Eisenring verkörpern in dem Stück das Böse, Schmitz auf die plump vertrauliche, naive und zugleich sentimentale Art. Er ist um Lügengeschichten nie verlegen, sagt aber im Hinblick auf sein letztes Ziel, die Brandstiftung, brutal die Wahrheit. Diese Eigenschaft teilt er mit seinem Kumpan Eisenring; aber dieser ist manierlicher. Daß Schmitz als Ringer, halb im Zirkustrikot gekleidet, Eisenring jedoch als Kellner auftritt, ist bezeichnend für beide. Zieht man das Böse von ihrem Charakter ab, so sind sie ziemlich farblos. Besondere List oder Klugheit brauchen sie nicht. Die Dummheit Biedermanns und seiner Frau sorgt dafür, daß alles wie am Schnürchen ablaufen kann.
Der Doktor phil. ist der Typ des brillenhaften Intellektuellen, der fanatisch und auf eine Idee versessen ist. Als er seinen Fehler erkennt, ist es zu spät.
Anna ist ein vollendet farbloses Dienstmädchen. Sie lacht nur ein einziges Mal, bei einem Witz, der so wenig oder so sehr unanständig ist, daß sie ihn begreifen kann. Das, was in dem Stück eigentlich geschieht, gleitet an ihr vorüber.

Kurze Interpretation des Stückes

Die Dummheit stirbt nicht aus.

Max Frischs „Biedermann und die Brandstifter" ist nur denkbar in einer Welt, in der das Bürgertum ausgewirtschaftet hat. Biedermann ist ein typischer Bürger, aber so, wie er sich heute darstellt, ein Spießbürger. Schon die Art, wie er es zu Reichtum und Ansehen gebracht hat, läßt diese Deutung zu. Er hat sich ein Haarwasser von einem andern erfinden lassen, weiß, daß es nichts taugt, und verkauft es — ohne Gewissensbisse.

Seine unbedingte Sicherheit zeigt sich auch in seinen Ansichten. Er tritt für das „Gute im Menschen" ein, an das man „Herrgottnochmal" glauben muß. Er plädiert für Geradheit und Gerechtigkeit und ist sehr stolz darauf, vollkommen überzeugt, daß er kein Spießer ist.
Doch sein Idealismus ist unecht, geheuchelt. Das läßt sich am besten daran erkennen, daß es unmöglich ist, ihn zur Verantwortung zu ziehen. Er will sich vor dem „Guten", an das zu glauben er vorgibt, nicht rechtfertigen. Dadurch wird dieses „Gute" nebulos und unklar. Es ist ein Relikt des bürgerlichen Idealismus, zu nichts verpflichtend.
Es bindet und verbindet aber auch nicht. Biedermann ist trotz des Umstandes, daß er verheiratet ist, allein und einsam wie übrigens die meisten Personen in Max Frischs Werken. Babette ist weniger seine Frau als vielmehr sein Affe und Papagei in einem, der ihn nur nachahmt. Daher auch die Unmöglichkeit, sich hinter ihr vor der Verantwortung zu verstecken, als es gilt, Schmitz vor die Tür zu setzen.
So taumelt Biedermann halb bewußt, halb unbewußt, in das Verbrechen. Er glaubt an das Gute im Menschen, aber, aufgrund seiner Kontaktunsicherheit, ausgerechnet gegenüber denen, die es am wenigsten verdienen, weil sie ausgemachte Halunken sind. Dort, wo er gut sein müßte, nämlich Knechtling gegenüber, versagt er und wird schuldig, weil er sich als brutal egoistisch zeigt. So schwankt er zwischen dem eingebildeten Guten und dem Bösen, gewissermaßen lauwarm, was nach einem Wort der Bibel schlimmer ist, als radikal böse zu sein.

Das radikal Böse jedoch zeigt sich in den beiden Gaunern, in Eisenring und Schmitz. Sie sind böse aus Freude an der Boßheit, aus Lust. Sie haben für die Katastrophe, die sie anrichten, keine andere Begründung. Das merkt auch der Doktor phil., aber zu spät. Eigentlich ist diese Form des Bösen leicht erkennbar und auch leicht zu beseitigen, so leicht, daß es nicht erklärbar ist, wieso es Biedermann nicht gesehen haben soll. Im Grunde hat er es erkannt; das zeigt seine freudige Zustimmung, als Babette sich bereit erklärt, Schmitz aus dem Haus zu verweisen. Doch seine Angst und sein schlechtes Gewissen, vor allem wegen Knechtling, aber auch wegen seiner bürgerlich verrotteten Existenz, sind stärker als seine Erkenntnis. Nachdem die Katastrophe hereingebrochen ist, hängt alles von ihrer Deutung ab. Der Chor erkennt und formt ihren Sinn:

„Was nämlich jeder voraussieht
Lange genug,
Dennoch geschieht es am End:
Blödsinn,
Der nimmerzulöschende jetzt,
Schicksal genannt."

„Blödsinn" und „Schicksal", von diesen beiden Worten hängt es ab, ob das Verbrechen zur Besinnung und damit zum Neuanfang führt oder ob es nur eine Episode unter vielen ist. Das Nachspiel zeigt, daß sich der Bürger Biedermann nicht gewandelt hat. Er greift zur Phrase „Schicksal" und fügt ihr noch weitere Redensarten hinzu: „Wiedergutmachung", „Eigenheim", „Gnade", alles Begriffe, die in seinem Mund nichtig werden. Somit wird sich gar nichts ändern. Biedermann und Babette sind überall nur Bürger, auch im Jenseits des Nachspiels, das schon durch ihre Gegenwart verbürgerlicht wird. So kann am Schluß dasselbe grausige Spiel, wie es bereits abgerollt ist, wieder beginnen.

Max Frisch hat in seinem „Lehrstück ohne Lehre" eine Parabel geschrieben, in der sich die menschliche Dummheit zum politischen Geschehen verdichtet. Wie die meisten Parabeln so hat auch diese eine Lehre, eine traurige freilich, nämlich die, daß die Dummheit nicht ausstirbt. Im Gegenteil — indem sie der Bosheit Tür und Tor öffnet, macht sie Geschichte.

Zitate

1.) Feuergefährlich ist viel,
Aber nicht alles, was feuert, ist Schicksal,
Unabwendbares.
Anderes nämlich, Schicksal genannt,
Daß du nicht fragest, wie's kommt,
Städtevernichtendes auch, Ungeheueres,
Ist Unfug, menschlicher, allzumenschlicher,
Tilgend das sterbliche Bürgergeschlecht.

2.) Nimmer verdient,
Schicksal zu heißen, bloß weil er geschehen:
Der Blödsinn,
Der nimmerzulöschende einst!

3.) Kein Aber, Herr Biedermann, kein Aber! Sie sind noch vom alten Schrot und Korn, Sie haben noch eine positive Einstellung. Das kommt davon.

4.) Wo führt das hin, wenn keiner mehr dem anderen glaubt? Ich sag immer: Wo führt das noch hin, Kinder! Jeder hält den anderen für einen Brandstifter, nichts als Mißtrauen in der Welt. Oder hab ich nicht recht? Das spürt die ganze Wirtschaft, Herr Biedermann: Sie glauben noch an das Gute in den Menschen und in sich selbst. Oder habe ich nicht recht? Sie sind der erste Mensch in dieser Stadt, der unsereinen nicht einfach wie einen Brandstifter behandelt —

5.) Die meisten Leute heutzutage glauben nicht an Gott, sondern an die Feuerwehr.

6.) Sehen Sie, das ist's, Herr Biedermann, was wir brauchen: Menschlichkeit.

7.) Wenn man jedermann für einen Brandstifter hält, wo führt das hin? Man muß auch ein bißchen Vertrauen haben, Babette, ein bißchen Vertrauen —

8.) Viel sieht, wo nichts ist, der Ängstliche,
Den nämlich schreckt schon der eigene Schatten,
Kampfmutig findet ihn jedes Gerücht,
So daß er strauchelt,
So, schreckhaft, lebt er dahin,
Bis es eintritt:
In seine Stube.

9.) Blinder als blind ist der Ängstliche,
Zitternd vor Hoffnung, es sei nicht das Böse,
Freundlich empfängt er's,

Wehrlos, ach, müde der Angst,
Hoffend das beste ...
Bis es zu spät ist.

10.) Jeder Bürger ist strafbar, genaugenommen, von einem gewissen Einkommen an.

11.) Klug ist und Herr über manche Gefahr,
Wenn er bedenkt, was er sieht,
Der Mensch.
Aufmerkenden Geistes vernimmt er
Zeichen des Unheils
Zeitig genug, wenn er will.

12.) Meine Herrn, ich bin ein freier Bürger. Ich kann denken, was ich will. Was sollen diese Fragen? Ich habe das Recht, meine Herrn, überhaupt nichts zu denken — ganz abgesehen davon, meine Herrn: Was unter meinem Dach geschieht — ich muß schon sagen, schließlich und endlich bin ich Hauseigentümer! ...

13.) Man soll nicht immer das Schlimmste denken. Wo führt das hin! Ich will meine Ruhe und meinen Frieden haben, nichts weiter, ...

14.) Ein bißchen Vertrauen, Herrgottnochmal, muß man schon haben, ein bißchen guten Willen. Finde ich. Nicht immer nur das Böse sehen. Herrgottnochmal! Nicht jeder Mensch ist ein Brandstifter. Finde ich! Ein bißchen Vertrauen, ein bißchen ...

15.) Schwer hat es, wahrlich, der Bürger!
Der nämlich, hart im Geschäft,
Sonst aber Seele von Mensch,
Gerne bereit ist,
Gutes zu tun.

16.) Scherz ist die drittbeste Tarnung. Die zweitbeste: Sentimentalität ... Aber die beste und sicherste Tarnung ist immer noch die blanke und nackte Wahrheit. Komischerweise. Die glaubt niemand.

17.) Alles was mit Krieg zu tun hat, ist furchtbar teuer, immer nur erste Qualität.

18.) Ich habe alles gewußt, was sie auf dem Dachboden machten, alles, nur das eine nicht: Die machen es aus purer Lust!

19.) Sinnlos ist viel, und nichts
Sinnloser als diese Geschichte:
Die nämlich, einmal entfacht,
Tötete viele, ach, aber nicht alle
Und änderte gar nichts.

20.) Man kann doch nicht alle, wenn alle dasselbe tun, in die Hölle werfen!

21.) Katastrophen hat es immer gegeben! — und überhaupt: Schau einer sich unsere Stadt an! Alles aus Glas und verchromt! Ich muß schon sagen, einmal offen gesprochen, es ist ein Segen, daß sie niedergebrannt ist, geradezu ein Segen, städtebaulich betrachtet—

22.) Ich liebe meinen Papagei, das einzige Lebewesen, das nicht seine Schlagwörter wechselt!

23.) Wer eine Uniform trägt oder getragen hat, als er tötete, oder zu tragen verspricht, wenn er tötet oder zu töten befiehlt, ist gerettet.

24.) Ich kann nicht soviel fressen, wie ich kotzen möchte.

25.) Schöner denn je
Wiedererstanden aus Trümmer und Asche
Ist unsere Stadt,
Gänzlich geräumt und vergessen ist Schutt,
Gänzlich vergessen auch sind,
Die da verkohlten, ihr Schrei
Aus den Flammen —

Dispositionen und Aufsätze

Beispiele für sachgemäße Gliederungen (Dispositionen) und die Behandlung von Themen (Aufsätze)

1. Woher kommt in Max Frischs „Biedermann und die Brandstifter“ das Unheil?

A. Einleitung: In „Biedermann und die Brandstifter” wird gleichnishaft gezeigt, wie über eine Stadt eine furchtbare Brandkatastrophe hereinbricht. Wie immer in solchen Fällen stellt sich die Frage nach dem Schuldigen.

B. Hauptteil:

1. Die beiden Halunken, Schmitz und Eisenring, haben das Feuer entfacht. Sie sind ohne Zweifel schuldig. Aber sie sind böse aus purer Lust. Ihre Schuld bedrückt sie nicht, im Gegenteil.

2. Schmitz und Eisenring zu fassen und an ihrem bösen Werk zu hindern dürfte keine Schwierigkeiten bereiten, zumal sie ihr Vorhaben nicht bestreiten, sondern immer rundheraus zugeben.
3. Der beste Verbündete für Schmitz und Eisenring ist Herr Biedermann, der in seiner bürgerlichen Beschränktheit und Dummheit nicht merkt, daß er das Verhängnis, welches er fürchtet, überhaupt erst ermöglicht. So liegt die Wurzel des Übels eigentlich bei ihm.

C. Schluß: Einen großen Weltbrand haben wir mit dem Nationalsozialismus und dem 2. Weltkrieg erlebt. Max Frisch gibt mit seinem Stück in verschlüsselter Form seine Antwort auf die Frage nach dem Ursprung der Katastrophe.

2. „Die beste und sicherste Tarnung ist noch immer die blanke und nackte Wahrheit." Was meint Max Frisch mit diesem Wort in „Biedermann und die Brandstifter"?

A. Einleitung: „Biedermann und die Brandstifter" schildert ein Stück Geschichte. Das Unheil bricht über die ganze Stadt herein. Wie es dazu kommt, wird auf der Bühne dargestellt.

B. Hauptteil:

1. Zwei ausgemachte Gauner und Halunken bereiten auf Biedermanns, des typischen Bürgers, Dachboden das kommende Unglück in allen Einzelheiten vor.
2. Sie tarnen sich nur sehr wenig. Scherz und Sentimentalität sind die einzigen Masken, die sie gelegentlich benutzen. Im übrigen sagen sie unverhüllt und brutal die nackte Wahrheit. „Die glaubt niemand".
3. Damit hat das Stück eine sehr deutliche Beziehung zur Entstehung des Dritten Reiches. Auch Hitler und seine Anhänger haben unumwunden erklärt, was sie vorhaben, aber niemand hat es ihnen glauben wollen, bis es schließlich zu spät war. Die Folgen sind bekannt.

C. Schluß: In „Biedermann und die Brandstifter" zeigt Max Frisch in der Form eines Gleichnisses, daß es, einem Wort aus seinem „Tagebuch" entsprechend, nicht so sehr darauf ankommt, persönlich und in seinen vier Wänden ein guter Mensch sein zu wollen, sondern vielmehr darauf, daß man für das „allgemeine Gute" eintritt.

3. „Feuergefährlich ist viel, aber nicht alles, was feuert, ist Schicksal.“

Nicht vielen ist die Gabe zugeteilt, als Dichter aus historischen Ereignissen die tiefere Wahrheit gewissermaßen herauszudestilieren. Max Frisch gehört zu den wenigen, die es können. Seine Dichtungen sind Parabeln, nicht so nah an der Wirklichkeit, daß sie mit ihr verwechselt werden können, aber auch nicht so weit von ihr entfernt, daß sie in ihnen nicht wiederzufinden wäre. In seinem Stück „Biedermann und die Brandstifter“ ist diese Wirklichkeit die Geschichte.

Wie in der Geschichte so bricht auch in diesem Stück das Böse, das Unheil, in das Leben der Menschen ein. Es erscheint zunächst in der Gestalt des Schmitz, eines plumpen Bösewichts, der ein deutliches Gefühl für die Schwäche des Bürgers hat, indem er ihn und seine heuchlerischen Phrasen scheinbar ernst nimmt und ihm eine sentimentale Geschichte von einer harten Kindheit im Walde vorlügt. Diese Geschichte entspricht genau dem Klischee, das sich der Bürger von den sogenannten ärmeren Schichten macht. Biedermann fällt auch prompt darauf rein, nicht zuletzt deswegen, weil er sein schlechtes Gewissen, das er wegen seiner Hartherzigkeit den Knechtlings gegenüber hat, überspielen will. Eisenring verkörpert das gewissermaßen naive, phantasielose Böse. Aber auch ihn will Biedermann nicht durchschauen, bis es dann zur Katastrophe kommt.

Es stellt sich, wie immer in der Geschichte, die Frage, wo die eigentlichen Ursachen, das Verschulden, der Katastrophe liegen. Schnell ist der Bürger in so einem Fall mit der Ausrede des „Untergründigen, Dämonischen“ zur Hand und redet von der Allgewalt des Schicksals. Diese Ausrede gehört zu den bequemsten des Repertoires, befreit sie doch den, der sie gebraucht, und die andern von der Last der Verantwortung und schiebt sie einem Anonymen, einer nebulosen höheren Gewalt zu. Der Chor, der bei Max Frisch wie auf der antiken Bühne das Geschehen kommentiert, ahnt diese bürgerliche Ausrede und sagt deswegen, daß nicht alles, was feuert, Schicksal ist.

Die Katastrophe im Stück wäre nämlich ohne weiteres abzuwenden gewesen. Schmitz und Eisenring geben sich ungeniert als Brandstifter zu erkennen. Sie haben Angst vor der Polizei, und einmal steht sogar ein Polizist vor dem mit Benzinfässern angefüllten Dachboden. Es hätte nur eines Wortes von Biedermann bedurft, und der Spuk wäre fortgeblasen. Aber zu diesem Wort kommt es

nicht, weil Biedermann zu dumm ist. Er ist seinen bürgerlichen Vorurteilen und seinem dumpfen Begriff von Menschlichkeit ausgeliefert. Hier von Schicksal zu sprechen, wäre vermessen.
Etwas Ähnliches wie in dem Stück Max Frischs hat sich in Deutschland vor 1933 abgespielt. Auch hier waren Brandstifter am Werk, die ungeniert sagten, was sie vorhatten. Aber keiner wollte ihnen glauben. Das deutsche Bürgertum verließ sich vielmehr auf Papen und Hindenburg; mit welchem Ergebnis, ist bekannt.

4. Was meint Max Frisch damit, daß er sein Stück „Biedermann und die Brandstifter“ ein „Lehrstück ohne Lehre“ nennt?

Die neue Theorie des Theaters stammt von Bert Brecht. Er betont, daß das moderne Theater ganz anders strukturiert ist als die klassische Bühne. Wollte man früher von der Bühne herunter predigen, den Menschen wachrütteln und ihn zur Besinnung führen, so will die moderne Bühne den Menschen lehren, seinen Intellekt ansprechen und ihn von daher veranlassen, die Welt, das heißt bei Brecht vor allem die gesellschaftlichen Zustände, zu verändern. Die Stücke Max Frischs sind an dem Werk Bert Brechts orientiert, so stark, daß er den „Biedermann" in Analogie zu Bert Brecht als ein „Lehrstück" bezeichnet.
Das Stück könnte durchaus eine Lehre politischer Art vermitteln, die zum Nachdenken anregen kann. Da ist ein ebenso braver wie beschränkter Bürger, der zwei Brandstifter einläßt, die ihm schließlich das Haus über dem Kopf anzünden. Der Zuschauer fragt sich erstaunt, wie es dazu kommen kann, und findet in der bürgerlichen Dummheit und im schlechten Gewissen Biedermanns den wahren Grund der Ereignisse. Hier könnte er zur Selbstbesinnung gelangen und zu der Erkenntnis, daß er sich nicht in sein bürgerliches Milieu verkapseln darf, sondern tätig für das allgemeine Wohl wirken muß.
Aber im Gegensatz zu der optimistischen Theorie Bert Brechts scheint es, als ob Max Frisch nicht an diese Wirkung seines Stückes glaubt. Das zeigt der zweite Teil seines Untertitels „ohne Lehre“, das zeigt aber auch das von Max Frisch der Bühnenfassung seines Stückes angehängte Nachspiel. Hier hat Biedermann gar nichts gelernt. Er ist immer noch derselbe beschränkte Bürger, der jetzt lediglich mit einigen modernen Phrasen aufwartet. Er verlangt „Wiedergutmachung“ (wofür?). Wie sollte der

Autor glauben, daß der Zuschauer lernt und die Welt verändern will, wenn es sein Held nicht tut?
Doch diese pessimistische Deutung ist nicht die einzig mögliche. Das Stück ist in einer leichten, den Zuschauer erreichenden Alltagssprache geschrieben. Das Nachspiel ist keineswegs so traurig, wie uns eine Übersicht über seinen Inhalt glauben läßt. So könnte es durchaus sein, daß Max Frisch sein „Lehrstück ohne Lehre“ ironisch meint und im Grunde seines Herzens doch die leise Hoffnung auf eine Belehrung seiner Mitmenschen hat. Ironie kann heilsam sein, indem sie zum Selbstabstand und damit zum Selbsturteil führt. Man kann also die geheime Hoffnung des Dichters, ohne die er das Stück nicht geschrieben, sicher aber nicht veröffentlicht hätte, nur teilen und wünschen, daß es in seinem Sinn den Zuschauer erreicht.

Zu beiden Stücken

Sprachliche und sachliche Erläuterungen

Diese Erläuterungen beziehen sich sowohl auf „Andorra“ als auch auf „Biedermann und die Brandstifter“

Aktualität: Substantiv zu aktuell, was soviel wie zeitgemäß, zeitnah, dringlich heißt.

Amnestie: Allgemeine Begnadigung von Staats wegen, d. h. durch Gesetz, für eine bestimmte Art von Verbrechen, häufig für politische Verbrechen.

Andorra: an sich ein Kleinstaat in den Ostpyrenäen von ca. 6000 Einwohnern. Mit seinem Stück meint Max Frisch jedoch nicht diesen Staat. Als Vorwort hat der Dichter dem Stück folgende Bemerkung beigefügt: „Das Andorra des Stücks hat nichts zu tun mit dem wirklichen Kleinstaat dieses Namens, gemeint ist auch nicht ein anderer wirklicher Kleinstaat; Andorra ist der Name für ein Modell.“ In einem Interview sagt Max Frisch zu derselben Frage: „ ‚Andorra‘ ist kein guter Titel, der bessere fiel mir nicht ein. Schade! Was den Kleinstaat Andorra betrifft, tröste ich mich mit dem Gedanken, daß er kein Heer hat, um die Länder, die das Stück spielen, aus Mißverständnis überfallen zu können.”

Athlet: sportlicher Mensch von gutem Körperbau, „Kraftmensch".

Bajonett: Seitengewehr, auf den Gewehrlauf aufgesteckte Stahlklinge, die das Gewehr zur Stoßwaffe macht.

Beaujolais: sehr gute Weinsorte aus Beaujolais, einer französischen Landschaft zwischen Saône, Rhône und Loire.

Biedermann: ursprünglich, etwa bei Schiller im „Tell", durchaus positiv und anerkennend gemeinte Bezeichnung für den Bürger. Später verliert das Wort seine positive Bedeutung und wird nur noch abfällig für den Spießbürger gebraucht. Die abfällige Bedeutung bildete sich infolge des Biedermeier, einer ausgesprochen bürgerlichen Kulturrichtung um die Mitte des 19. Jahrhunderts, die sehr eng und spießig ist.

Börse: am höchsten organisierte Marktveranstaltung, auf der die Börsenbesucher regelmäßig und nach festen Bestimmungen ihre Geschäfte tätigen. Die häufigste Form der Börse ist die Aktienbörse.

Cave de l'Echanon: sehr gute Weinsorte.

candle-light: engl., Kerzenlicht.

Chor: ursprünglich in der griech. Tragödie das bestimmende Element, das die Gedanken der Schauspieler zur Handlung, aber auch die Ansicht des Zuschauers, seltener der Götter, zum Ausdruck bringt. In „Andorra" symbolisiert er eine Art öffentliches Gewissen.

Damast: einfaches, glänzendes Gewebe mit eingewebten Mustern, ursprünglich aus Damaskus eingeführt.

David und Goliath: Anspielung auf das Alte Testament: 1 Samuel 17, 1—54. Im Krieg gegen die Philister schlägt der Knabe David aus dem Geschlecht Israels einem großen und starken Philister, dem Goliath, das Haupt ab, nachdem er ihn mit einer kleinen Steinschleuder zu Boden gezwungen hat. Diese Geschichte wird immer wieder als Beispiel dafür erzählt, daß ein Kleiner einen Mächtigen überwindet.

Defaitismus: im Deutschen eigentlich Defätismus geschrieben: Miesmacherei.

Die Letzten werden die Ersten sein: Im vollen Wortlaut heißt diese Bibelstelle: „So werden die Letzten die Ersten sein und die Ersten die Letzten." Sie findet sich bei Matthäus 20, 16.

distanzieren: Abstand nehmen, sich distanzieren: sich zurückziehen.

Du sollst dir kein Bild machen: im Alten Testament, Exodus 20, 4: „Du sollst dir kein Gottesbild machen, noch irgendein Abbild von etwas, das droben im Himmel oder unten auf der Erde oder im Wasser oder unter der Erde ist."

Eiche: In „Andorra" eine Anspielung auf den deutschen Nationalismus. Die deutsche Eiche galt im endenden 19. und im 20. Jahrhundert als Sinnbild deutscher Kraft, Treue, Standfestigkeit usw.

Eigenheim: neuere Wortprägung für ein Einfamilienhaus. Dieses Wort ist zugleich symbolisch für ein gewisses Wohlstandsdenken; es gehört aber auch in die Behördensprache.

Einstein: berühmter jüdischer Physiker (1879—1955), Entdecker der Relativitätstheorie, ohne die unser heutiges Weltbild nicht denkbar ist. Er mußte 1933 emigrieren. 1934 entzogen ihm die Nationalsozialisten das deutsche Staatsbürgerrecht. Nobelpreisträger für Physik 1921.

Etablissement: Einrichtung, Betrieb, hier: Hotel.

Etikette: Sitte, Förmlichkeit, feiner Brauch.

Existenz: Dasein, Auskommen, Unterhalt.

Fanfare: eine ventillose Trompete, deren Klänge etwas Pathetisches an sich haben, weswegen Aufmärsche, Auftritte berühmter Persönlichkeiten u. ä. häufig von Fanfaren begleitet werden.

faszinieren: bezaubern, tief beeindrucken.

Föhn: warmer, trockener Fallwind an der Leeseite der Gebirge. Bei vielen Menschen beeinflußt er das Nervensystem ungünstig.

Fötzel: Dummkopf, Taugenichts, Lump; schweizer Dialekt.

Fräse: Werkzeugmaschine zur Metall- und Holzverarbeitung.

fressen: „Ich kann nicht soviel fressen, wie ich kotzen möchte." Anspielung auf einen Ausspruch Max Liebermanns, der bei der „Machtergreifung" Hitlers gesagt haben soll: „Ick kann jar nich so viel fressen, wie ick kotzen möchte."

Gasometer: großer Behälter für Leuchtgas.

Gehetztes: die Feststellung des Paters, Andri habe etwas Gehetztes an sich, erinnert an Büchners „Woyzeck". Auch Woyzeck ist ein Geschlagener, der außerhalb der menschlichen Gemeinschaft steht. Ihm wird gesagt: „Du siehst immer so verhetzt aus."

geil: sinnlich, triebhaft.

Hamlet: eine der bekanntesten Tragödien William Shakespeares, in der der Geist des ermordeten Vaters auftritt und den Sohn, Hamlet, zur Rache auffordert.

Haspel: eine Vorrichtung zum Aufwickeln, hier der Feuerwehrschläuche.

Humbug: Unsinn, Unfug.

Hydrant: Wasserentnahmestelle am städtischen Wassernetz.

ideologisch: eine wirklichkeitsfremde Art des Sehens ist ideologisch, wenn sie auf bestimmten gedanklichen Voraussetzungen beruht.

Import: Einfuhr.

Jedermann: bekanntes Schauspiel von Hugo von Hofmannsthal, das in Salzburg bei den Festspielen aufgeführt wird. Im „Jedermann“ wird gezeigt, wie ein reicher Mann vom Tod geholt wird.

Kandelaber: säulenartiger Leuchter, den es seit der Antike gibt; oft kunstvoll geformt.

Kindermord zu Bethlehem: die Erzählung vom Kindermord in Bethlehem findet sich im Neuen Testament bei Matthäus 2, 13—18. Weise, die aus dem Morgenland gekommen waren, beten das Jesuskind an. Sie sollten Herodes, dem König von Judäa, berichten. Da dieser Jesus töten wollte, zogen die Weisen, von einem Traumbild gewarnt, auf einem verborgenen Weg in ihre Heimat zurück. Voll Wut ließ Herodes nun in Bethlehem alle Knaben im Alter von zwei Jahren und darunter umbringen. Jesus war jedoch nicht dabei, da sein Pflegevater Joseph, ebenfalls durch einen Traum gewarnt, mit dem Kind und seiner Mutter rechtzeitig geflohen war.

Klagemauer: im Alten Testament die westliche Stützmauer des Tempelplatzes in Jerusalem, wo die frommen Juden den Untergang des alten Bundes beklagen. Die Klagemauer ist heute noch zu sehen.

Klotz: mundartlicher Ausdruck für Geld.

Köhler: Kohlenbrenner, ein heute fast ausgestorbener Beruf. Früher, noch im vorigen Jahrhundert, lebten die Köhler im Walde und verarbeiteten Holz zu Holzkohle. Heute wird Holzkohle industriell bereitet.

Korn: aus Roggen gewonnener Branntwein.

Konsulat: Behörde eines ständigen amtlichen Vertreters eines Staates in einem anderen Staat.

Lava: die erstarrte Masse nach einem vulkanischen Ausbruch.

Lukarne: mundartliche Bezeichnung für eine Dachluke oder ein Dachfenster.

Macbeth: bekanntes Schauspiel von Shakespeare. Der „Mitarbeiter von Macbeth“ ist Banquos Geist.

Maschinenpistole: eine Art Schnellfeuergewehr, das automatisch, d. h. ohne daß man es nach jedem Schuß neu laden muß, schießt.

Meerkatze: afrikanische Baumaffengattung. In „Biedermann und die Brandstifter” ist das Hausmädchen Anna im Nachspiel als Meerkatze verkleidet.

Meßgewand: Gewand des Priesters bei der Feier des Gottesdienstes.
Meßknaben: auch Ministranten genannt, Jungen, die in der Liturgie der kath. Kirche, besonders beim Meßopfer, am Altar dienen.
mens sana in corpore sano: lateinischer Spruch aus dem Altertum. Vollständig lautet er: sit mens sana in corpore sano; das heißt: Ein gesunder Geist möge in einem gesunden Körper sein.
Messerbänklein: Vorrichtung, meistens aus Silber, zum Ablegen der Tischmesser.
Michelin-Männchen: Reklamefigur einer französischen Reifenfirma.
miserabel: schlecht, elend.
Nacht wie Milch: „Die Nacht ist wie Milch, wie blaue Milch". Diese Stelle, eine der lyrischen Stellen in „Andorra", erinnert an den Anfang von Celans „Todesfuge": „Schwarze Milch der Frühe wir trinken sie abends".
Orchestrion: Musikautomat.
Pater: katholischer Ordensgeistlicher.
Patriot: vaterländisch denkender und handelnder Mensch.
Pferch: Gatter, in das das Vieh hineingetrieben wird.
Pinte: schweizer Ausdruck für Schenke, Gasthaus.
Plunder: Abfall, Kram.
Pommard: Französischer Rotwein.
Rabbi: hebräischer Gesetzeslehrer.
Sakristei: Nebenraum einer Kirche, in dem Meßgewänder, liturgische Geräte und dergleichen aufbewahrt werden.
schnorren: eigentlich betteln; hier im Sinn von Handeln, Geschäfte machen, gebraucht.
Senora: Frau, Dame.
Shorts: eine kurze Hose.
Sodom und Gomorra: im Alten Testament zwei Städte, die, weil ihre Einwohner in Sünden leben, durch den Zorn Gottes vernichtet werden. Vgl. Genesis 19, 24—29.
Spinoza: Baruch de Spinoza, ein berühmter jüdischer Philosoph (1632—1677), der wegen seiner Schriften, in denen er für die Toleranz eintrat und einen Pantheismus verkündete, aus der Synagoge verstoßen wurde.
Sanktgeorgstag: der 23. April, in Max Frischs „Andorra" ein Festtag.
Stores: Übergardinen, Fenstervorhänge.
Steinerner Gast: eine Gestalt aus Mozarts Oper „Don Giovanni", die das Gericht für die Hauptperson dieser Oper ist, eine Geisterscheinung.

Tilsiter: eine Käsesorte.
Tollkirschen: im Wald an einem Strauch wachsende, sehr giftige Früchte.
Topas: braun-gelber Edelstein.
Traktat: Kampf- oder Werbeschrift, häufig sektiererischen Inhalts.
Trauma: eine seelische Verletzung, die ins Unbewußte verdrängt wurde und sich störend bemerkbar macht.
Trester: Rückstand bei der Wein- oder Bierbereitung. Aus dem Trester kann ein besonders billiger Branntwein gewonnen werden, der hier gemeint ist.
Tschersi: im schweizerdeutschen Dialekt ein Sporthemd.
weiße Weste: die weiße Weste, die Herr Biedermann mit Betonung trägt, soll seine Unschuld, die nur scheinbar ist, unterstreichen.
Wiedergutmachung: nach dem zweiten Weltkrieg neu aufgetauchter Fachausdruck aus der Behördensprache: Verlust aus vergangenem Unrecht soll ersetzt werden.
Virus: Viren sind sehr kleine Partikel, die nur in lebenden Zellen existieren können, Krankheitserreger.
Yoga: Bezeichnung aus der Meditationspraxis, die besonders in Indien geübt wird und den direkten Zugang zum Absoluten ermöglichen soll.
Zedern vom Libanon: die Zeder ist eine Baumart. Auf dem Libanon, einem Gebirge im Norden des alttestamentlichen Palästina, wuchsen und wachsen besonders prachtvolle Zedern, die in den Psalmen gepriesen werden.
Zigarillo: kleine, meist zylindrische Zigarre.

Der historische Hintergrund beider Stücke

Max Frisch hat sein „Stück in zwölf Bildern" und sein „Lehrstück ohne Lehre" bewußt aus der Geschichte herausgenommen. Sie sollen auf keine Zeit bezogen sein und somit für jede Zeit passend. Dennoch sind beide Stücke ohne die Zeit des Dritten Reiches nicht denkbar. Hitler und seinen Schergen blieb es vorbehalten, die Judenverfolgung bis zum äußersten Exzeß zu treiben. Jeder, der „Andorra" sieht, erinnert sich daran. „Biedermann und die Brandstifter" kann als Karrikatur des Dritten Reiches, seiner „Machtergreifung" und seines Untergangs gedeutet werden. So sind beide Stücke zwar keine unmittelbare Darstellung der Geschichte, aber sie lassen sich auf ihrem Hintergrund sehen. Dieser Hintergrund soll im folgenden kurz skizziert werden.

Am 30. Januar 1933 wurde in Berlin Adolf Hitler, der Führer der Nationalsozialistischen Deutschen Arbeiterpartei, abgekürzt NSDAP genannt, vom Reichspräsidenten Hindenburg zum deutschen Reichskanzler ernannt.

Dieser Vorgang unterscheidet sich grundlegend von den vielen Regierungswechseln der Weimarer Republik, die seit 1919 den deutschen Staat ausmachte. Schon rein äußerlich vollzog sich die Ernennung Hitlers, von der NSDAP nur „die Machtübernahme" genannt, unter der Begleitung eines riesigen nächtlichen Fackelzugs durch Berlin und im Rahmen großer Kundgebungen für die NSDAP, an denen sich Hunderttausende beteiligten. Hitler und die Nationalsozialisten vermieden es auch, sich selbst als Partei zu bezeichnen. Zu sehr hätten sie sich damit als einen Teil im Staat neben anderen Teilen bekannt. Sie redeten vielmehr von der völkischen Bewegung oder auch von „der" Bewegung schlechthin. Somit unterschied sich die NSDAP im Kern von den meisten anderen Parteien.

Um den Nationalsozialismus zu kennen, muß man wissen, wer Hitler war. Die „Bewegung" ist ohne ihn nicht denkbar, ja sie stand und fiel mit ihm.

Adolf Hitler wurde am 20. April 1889 in dem österreichischen Städtchen Braunau am Inn als Sohn eines Zollbeamten geboren. Er hatte eine freudlose Jugend. Sein Vater starb früh. In der Schule leistete er nur Mittelmäßiges und fühlte sich zu Höherem berufen, nämlich zur Malerei. So ging er 1908 nach Wien und bewarb sich an der Kunstakademie, fiel jedoch bei der Aufnahmeprüfung durch. Von da bis kurz vor dem Ausbruch des ersten Weltkrieges trieb er sich als Obdachloser und Gelegenheitsarbei-

ter in Wien umher. Hier eignete er sich die für ihn später so charakteristische Halbbildung an und dazu eine ganze Reihe primitiver Vorurteile, extrem nationalistischer Art, unter denen sein blinder Haß auf die Juden besonders auffällt. Sein Antisemitismus wurde ihm von einer gewissen Kioskliteratur, die damals in Wien erhältlich war, eingeimpft. Eine besondere Rolle spielten dabei von pseudodarwinistischen Rasse- und Adelsvorstellungen durchsetzte Hefte eines entsprungenen Tempelherrn, der sich Jörg Lanz von Liebenfels nannte, in Wirklichkeit aber nur Georg Lanz hieß. In diesen Heften dürfte Hitler zum erstenmal das Hakenkreuz begegnet sein, ein altes germanisches Sonnensymbol, das hier als Zeichen einer mystischen Rasseüberlegenheit eine fatale Bedeutung erhielt.
So ging Hitler 1913 nach München als ein typischer halbgebildeter, halbgeformter Assozialer, der keinen richtigen Beruf erlernt hatte, dafür aber von Vorurteilen erfüllt war, vor allem von jenem, daß er sich an einem Gegenüber rächen mußte, daß er immer einen zum Niedertrampeln und Niederschlagen brauchte. Dieser unglückliche Gegenüber waren vor allem die Juden. Keiner von den Gedanken, die in Hitlers Kopf spukten, war zu Ende gedacht. Er las sehr viel, jedoch nur als ein Mann, der in dem Gelesenen seine einmal vorgefaßte Meinung zu erhärten suchte und ignorierte, was nicht in sein Schema paßte. Geregelte Tätigkeit suchte er auch in München nicht. Wenn er arbeitete, dann nur in kurzen, hektischen Kraftausbrüchen, um anschließend wieder in lange Tatträume zu versinken, die durch wilde, aufgeregte „Diskussionen", eher Monologe, unterbrochen wurden. Die kurzen, spontanen Arbeitsausbrüche und die fanatischen Reden sollten auch später charakteristisch für ihn bleiben.
Der Kriegsausbruch von 1914 erlöste Hitler von seinem Nichtstun. Er meldete sich als Freiwilliger zu einem bayerischen Regiment und wurde an der Westfront als Meldegänger eingesetzt. Das Ende des Krieges erlebte Hitler in einem Lazarett in Pommern, wo er angeblich gasvergiftet und halb erblindet lag.
München wurde sein erstes politisches Tätigkeitsfeld. Hier entwickelte er aus der sogenannten Deutschen Arbeiterpartei, als deren siebtes Mitglied er beitrat, die NSDAP. Am 9. November 1923 unternahm er mit seiner inzwischen stark angewachsenen Partei, die Notzeit der Inflation ausnützend, einen Putschversuch, der jedoch unter einer Gewehrsalve der Münchner Polizei vor der Feldherrnhalle zusammenbrach. Hitler wurde zu Festungshaft verurteilt, nach elf Monaten jedoch vorzeitig begnadigt und

begann sofort die NSDAP neu aufzurichten. In der Festungshaft hatte er Zeit und Muße genug, den ersten Band seines Buches „Mein Kampf“ zu schreiben. Der zweite Band erschien wenige Jahre später. In diesem Buch erläutert „der Führer“, wie er sich von seiner Partei seit 1921 nennen ließ, seine Theorie, den Nationalsozialismus.

Die Gefangenschaft trug für ihn noch eine zweite Frucht: die Erkenntnis, daß er die Macht in der Weimarer Demokratie nur auf legale, nicht aber auf gewaltsame Art erringen kann. Mit diesem Vorsatz begann er neu, hatte aber, trotz des Beistands seiner „alten Kämpfer“, zunächst nur wenig Erfolg. Unter den Genossen Hitlers der zwanziger Jahre sind unter anderen Göring, ein ehemaliger Fliegeroffizier, Röhm, Himmler und Heß zu nennen. Der Weizen begann für die NSDAP erst wieder 1929 zu blühen, als im Oktober mit einem großen Bankkrach in New York eine weltumfassende Wirtschaftskrise einzetzte, von der vor allem die Industrieländer in Mitleidenschaft gezogen wurden. Unter ihnen hatte Deutschland besonders zu leiden, da es infolge des Versailler Vertrages und vor allem der aus diesem Vertrag hergeleiteten Reparationszahlungen wirtschaftlich während der ganzen zwanziger Jahre fast immer am Rande des Ruins stand. Die um 1925 einsetzende Blüte war eine Scheinblüte, die auf jederzeit kündbaren amerikanischen Darlehen beruhte. Diese Darlehen wurden nun, 1929, zurückgezogen. All diese Faktoren bewirkten ein sehr schnelles Anwachsen der Arbeitslosenzahl, die 1932 zum erstenmal die Sechsmillionengrenze überschritten hat. Die Regierung stand diesen Ereignissen recht hilflos gegenüber. Sie versuchte, besonders unter Brüning, der von März 1930 bis Mai 1932 Reichskanzler war, Herr der Lage zu werden. Sie stützte sich dabei auf den § 48 der Weimarer Verfassung, die dem Reichspräsidenten in Notzeiten große Vollmachten verlieh, und regierte mit Hilfe der vom Präsidenten erlassenen Notverordnungen. Der Reichstag war infolge der von Wahl zu Wahl in dieser Notzeit stärker werdenden extremen Parteien, der Kommunisten und der NSDAP, aktionsunfähig geworden. Im Volk herrschte große Unruhe, nicht zuletzt wegen der zahllosen Straßenkämpfe, die sich die Kommunisten und die Nationalsozialisten immer wieder lieferten.

Der Reichspräsident war seit 1925 Hindenburg, der Generalfeldmarschall des verlorenen Krieges. Gemäß der Verfassung war er durch direkte Wahl in dieses Amt gekommen. Man hatte ihn nicht wegen seiner politischen Fähigkeiten gewählt, die sehr ge-

ring waren, sondern weil große Teile des Volkes in ihm den Mythos des vergangenen Reichs verkörpert sahen. Er hingegen stand, seit 1930 mit großen Vollmachten, die ihm die Verfassung verlieh, ausgerüstet, an der Spitze eines Staates, den er innerlich ablehnte. Außerdem war er infolge seines Alters recht hinfällig. All diese Momente wirkten mit, als Hindenburg Hitler die Macht verlieh, nachdem Brüning durch allerhand Intrigen gestürzt und auch die Regierungen Papen und Schleicher wieder in der Versenkung verschwunden waren. Papen leistete Hitler kräftig Schützenhilfe und vermittelte ihm auch die Verbindung zur Schwerindustrie, womit Hitler gewisser Weise „hoffähig" wurde. Die Industrie erhoffte sich von ihm große Rüstungsaufträge. Dieses Versprechen hat er in Zukunft auch gehalten. Papen wurde zur Belohnung für seine Vermittlerdienste Vizekanzler im Kabinett Hitler. Hindenburg glaubte, er könne die schlimmsten Auswüchse des Nationalsozialismus mit diesem Vizekanzler verhindern. Aber Papen war keineswegs der Mann dazu. Als er 1934 merkte, wohin der Wagen rollte, und sich in einer mutigen und beachteten Rede dagegen zu stellen versuchte, war es zu spät.
Der Nationalsozialismus war, wie Hitler es formulierte, „die Weltanschauung" der Partei. Er läßt sich auf einige wenige Punkte zurückführen:

1. die Rassenideologie,
2. das Führerprinzip,
3. die Blut- und Bodenpolitik,
4. der erbarmungslose Kampf gegen die Weimarer Republik,
5. der erbarmungslose Kampf gegen den Versailler Vertrag.

Die Rassenideologie ist in der Vorstellung der Nationalsozialisten enthalten, daß es nur eine wertvolle Rasse in der Welt gibt, nämlich die nordisch-germanische. Diese Rasse allein, die sogenannte arische, ist der Kulturträger. Alle andern Rassen sind minderwertig und sollen dieser einen Rasse dienen. Sie verkörpert sich im deutschen Volk am reinsten. Am minderwertigsten sind die Juden. Sie sind Schmarotzer, Parasiten und wollen nur die Vernichtung alles Wertvollen, Schönen und Großen und müssen ausgerottet werden. Dazu Hitler in „Mein Kampf": „Indem ich mich des Juden erwehre, kämpfe ich für das Werk des Herrn." Ja, nach seiner Ansicht sind die Juden die Urheber alles Bösen überhaupt. Diese abstruse Theorie ist ebenso kindisch naiv und furchtbar wie falsch — falsch in jeder Hinsicht, in biologischer wie in historischer. In ihr sammelt sich der Bodensatz des biologistischen

Denkens, eine der Torheiten des 19. Jahrhunderts. Diese Anschauung wäre an sich nicht wert, auch nur einen Gedanken an sie zu verwenden, hätte sie nicht in entsetzlicher Weise Geschichte gemacht.

Das Führerprinzip sieht die absolute Diktatur des einen Führers in Staat und Partei vor und verwirft jede Mitverantwortung irgendeiner untergeordneten Stelle oder Persönlichkeit.

Die Blut- und Bodenpolitik Hitlers bedeutet, daß die „gute Rasse", verkörpert im deutschen Volk, auch den besten Boden haben muß, um sich zu ernähren und auszubreiten. Dieser Boden aber liegt im Osten. In „Mein Kampf" lautet das so: „Wir setzen dort an, wo man vor sechs Jahrhunderten endete. Wir stoppen den ewigen Germanenzug nach Süden und weisen den Blick nach dem Land im Osten." Damit sind der Polen- und Rußlandfeldzug bereits im Keim angelegt. Man fragt sich nur erstaunt, was eine solche Theorie im Zeitalter der Industrialisierung zu suchen hat.

Die Weimarer Republik mußte nach Ansicht Hitlers unbedingt verschwinden. In ihr regierten die „Erfüllungspolitiker" und „Novemberverbrecher". Die ersten waren jene, die in der Erkenntnis daß eine friedliche Politik für Deutschland nicht anders möglich war, zunächst die Vorschriften des Versailler Vertrages erfüllen wollten, um sie dann in geduldigen und zähen Verhandlungen zu mildern, wenn nicht gar ganz zu beseitigen. Weimarer Politiker, besonders Stresemann, hatten auf diese Art bereits bedeutsame Erfolge erzielt. Die „Novemberverbrecher" waren jene Politiker, vor allem aus der SPD, die im November 1918, nachdem Deutschlands militärische Niederlage endgültig besiegelt war, die Republik ausgerufen hatten. Hitler und weite Kreise des Volkes behaupteten jedoch, die deutsche Armee sei durch diese Revolution von hinten erdolcht worden. Diese Dolchstoßlegende, eine der schwersten Hypotheken der Republik, geht auf Hindenburg zurück.

Die Republik hatte auch sehr schwer daran zu tragen, daß es ihre Vertreter waren, die von den Siegermächten gezwungen wurden, den Versailler Vertrag zu unterzeichnen. Diejenigen, die den Krieg verloren hatten, d. h. die Vertreter des Kaiserreiches, unterschrieben nichts. Der aus dem Haß geborene Versailler Vertrag hätte, wäre er konsequent in allen seinen Bestimmungen durchgeführt worden, wenn nicht die wirtschaftliche Vernichtung Deutschlands, so doch wenigstens Not und Elend für lange Jahrzehnte bedeutet. Dieser Vertrag und seine Bekämpfung waren Hitlers großer Trumpf, den er innen- wie außenpolitisch immer wieder ausspielte. Es ist durchaus möglich, daß hier auch eine Wurzel dafür zu suchen ist, daß das Ausland, besonders Frankreich, Hitler immer wieder gewähren ließ, auch dann, als es aufgrund des Versailler Vertrags die Möglichkeit hatte, einzugreifen und mit wenigen Kräften den ganzen Nationalsozialismus zu überspielen.

Kaum an die Macht gelangt, betrieb Hitler den Aufbau des nationalsozialistischen Staates mit allen Mitteln, die sich boten. Am 27. Februar 1933 wurde das Reichstagsgebäude infolge Brandstiftung vernichtet. Am nächsten Tag erschien ein Gesetz, das die wichtigsten Grundrechte aufhob. Mit dem Ermächtigungsgesetz verlieh der Reichstag am 23. März Hitler diktatorische Vollmachten. Die Regierung durfte, ohne den Reichstag zu fragen, Gesetze erlassen. Am 2. Mai wurden die Gewerkschaften beseitigt. Die Parteien lösten sich in den folgenden Monaten selbst auf. Die SPD wurde verboten, und die KPD existierte infolge des Terrors durch die NSDAP schon seit einigen Monaten nicht mehr öffentlich. Zugleich faßte Hitler die gesamte Presse und alle andern Informationsmittel, wie Rundfunk und Film, in einer Hand zusammen, nämlich in der Hand von Dr. Goebbels, dem Leiter des neugeschaffenen Ministeriums für Volksaufklärung und Propaganda. Göring war preußischer Ministerpräsident, gründete 1934 die Geheime Staatspolizei und ließ die Einrichtung der Konzentrationslager durch die SA zu. Die Konzentrationslager, abgekürzt KZ genannt, waren Lager, in die Gegner des Regimes und Juden ohne richterlichen Befehl gesperrt wurden. Sie wurden in sogenannte „Schutzhaft" genommen, die sie jedoch in den seltensten Fällen überlebten. Von etwa 9—10 Millionen Gefangenen, die während der Herrschaft Hitlers in die Konzentrationslager eingeliefert wurden, konnten die alliierten Truppen 1945 etwa 500 000 befreien. Alle andern, unter ihnen etwa 5—6 Millionen Juden, wurden entweder direkt, unter Anwendung abscheulicher Methoden, oder durch unmenschlich harte Arbeiten getötet.

Bis 1934 unterstanden diese Lager der SA, dann der SS. Die Sturmabteilung, abgekürzt SA genannt, und die Schutzstaffel, abgekürzt SS genannt, waren Parteitruppen der NSDAP, die neben der Wehrmacht einen Staat im Staate bildeten und jederzeit von Hitler zur Bekämpfung seiner Gegner eingesetzt werden konnten. Die SA trug braune Uniformen, die SS schwarze. Die SA unterstand bis 1934 einem ehemaligen, als homosexuell bekannten Hauptmann namens Röhm. Diesen Röhm ließ Hitler zusammen mit einer Reihe anderer hoher SA-Führer und etlicher politischer Gegner erschießen. Auf diese Weise gewann er weite Kreise der Wehrmacht für sich. Als Hindenburg 1934 starb, einen natürlichen Tod übrigens, machte sich Hitler zum Reichspräsidenten und ließ die Wehrmacht auf seinen Namen vereidigen. Er wurde von nun an „der Führer und Reichskanzler" genannt. Das alles vollzog sich unter einem ungeheuren Propagandagetöse. Hitler und die Seinen waren Meister in der Kunst, die Massen mit Propagandamärschen, Aufzügen und großen Reden zu betören und aufzustacheln.

Seit Hitler an der Macht war, ließ auch die Arbeitslosigkeit nach, bedingt durch das Abflauen der Weltwirtschaftskrise und durch Hitlers Rüstungsprogramm sowie den Bau der Autobahnen. Allerdings trieb Hitler eine Politik der hemmungslosen Ausgaben, die zu einer schleichenden und geheimgehaltenen Inflation führte.

Außenpolitisch hatte Hitler eine Reihe von Erfolgen. 1936 ließ er die durch den Versailler Vertrag entmilitarisierte Zone des Rheinlandes besetzen. Im selben Jahr schloß er Verträge mit dem faschistischen Italien und mit Japan. 1938 führte er den Anschluß Österreichs durch und besetzte nach der Münchner Konferenz das Sudetenland. Den Rest der Tschechoslowakei eroberte die deutsche Wehrmacht ein Jahr später. Am 1. September 1939 begann Hitler den Feldzug gegen Polen und damit den Weltkrieg.

Die Juden in Deutschland wurden, getreu den Vorsätzen, die Hitler bereits in seinem Parteiprogramm 1921 angedeutet und in „Mein Kampf" ausführlich umschrieben hat, systematisch entrechtet. Die „Nürnberger Gesetze" von 1935 verboten Juden die Ehe mit Nichtjuden. Während der „Kristallnacht" vom 9. zum 10. November 1938 wurden die meisten Synagogen in Deutschland vernichtet und unzählige Juden mißhandelt, verhaftet oder getötet. Im gleichen Jahr wurden alle jüdischen Geschäfte und Betriebe geschlossen. Seit 1941 durfte sich kein Jude mehr ohne ein gelbes Abzeichen, den sogenannten Judenstern, in der Öffentlichkeit sehen lassen. Am 20. 1. 1942 fand die Wannsee-Konferenz statt, seit der die Vernichtung des europäischen Judentums eine offiziell in der NSDAP beschlossene Angelegenheit war, die als „Endlösung" bezeichnet und auch gleich in Aktion gesetzt wurde.

Der Krieg brachte Hitler zunächst bedeutende Erfolge. Polen und Frankreich wurden besetzt. England konnte allerdings nicht, wie Hitler verkündet hatte, niedergeworfen werden. Aber zum Schutz der Nordflanke besetzte die deutsche Wehrmacht Dänemark und Norwegen. Ein Feldzug in Nordafrika führte ein deutsch-italienisches Expeditionskorps unter Rommel bis nach

El Alamein, wo es dann freilich im Sperrfeuer der Engländer zusammenbrach. Seine Reste wurden an der afrikanischen Küste entlang zurückgetrieben.
Nach der Besetzung großer Teile des Balkans begann Hitler im Juni 1941 den Feldzug gegen Rußland, wobei er den Pakt brach, den er 1939 mit Stalin geschlossen hatte und der den Angriff auf Polen überhaupt erst ermöglicht hatte. Mit dem Rußlandfeldzug war der Krieg bereits in ein Stadium getreten, in dem sich sein Verlust für Deutschland und Italien am politischen Himmel abzuzeichnen begann, obschon Hitler und die Seinen fleißig das Gegenteil verkündeten, so etwa mit den Worten: „In diesem Krieg kann überhaupt nur einer siegen, und das sind wir." Angespornt wurde der Optimismus Hitlers besonders von Ribbentrop, einem der unfähigsten Leute in der nationalsozialistischen Regierung, der seit 1938 Reichsaußenminister war.
Der Vormarsch in Rußland blieb im Winter 1941/42 vor Moskau stecken. Gleichzeitig überfielen die Japaner den amerikanischen Flottenstützpunkt Pearl Harbour und standen damit im Krieg gegen die USA und England. Wenige Tage später erklärten Deutschland und Italien den Vereinigten Staaten den Krieg, womit die ungeheure Wirtschaftskapazität dieses Landes den Gegnern Hitlers zur Verfügung stand. Der endgültige Verlust des Krieges war damit für Hitler besiegelt. Er kündigte sich in der verlorenen Schlacht um Stalingrad um die Jahreswende 1942/43 und in den ständig an Ausmaß und Heftigkeit zunehmenden Luftangriffen auf deutsche Städte und Industrieanlagen an.
Innerhalb Deutschlands regte sich der Widerstand gegen Hitler, der latent seit 1933 ununterbrochen vorhanden war, mit dem mißglückten Attentat vom 20. Juli 1944 am stärksten. Aber er war zum Scheitern verurteilt und hatte nur zur Folge, daß der Terror bis zum Kriegsende verstärkt wütete.
Am 8. Mai 1945 mußten, nachdem fast ganz Deutschland von den Engländern, Amerikanern und Russen besetzt war und sich Hitler am 30. April im Bunker der Reichskanzlei selbst erschossen hatte, die Reste der deutschen Wehrmacht kapitulieren. Damit hat die NSDAP aufgehört zu existieren.